你是我一生只会遇见一次的惊喜

骆瑞生 陈若鱼 老丑 等著

山西出版传媒集团
北岳文艺出版社
BEIYUE LITERATURE & ART PUBLISHING HOUSE
· 太原 ·

图书在版编目（ＣＩＰ）数据

你是我一生只会遇见一次的惊喜／骆瑞生等著．—
太原：北岳文艺出版社，2019.3
ISBN 978-7-5378-5839-7

Ⅰ．①你… Ⅱ．①骆… Ⅲ．①短篇小说－小说集－
中国－当代 Ⅳ．① I247.7

中国版本图书馆 CIP 数据核字（2019）第 006474 号

书名：你是我一生只会遇见一次的惊喜
著者：骆瑞生 陈若鱼 老丑 等
策划：刘玉浦
责任编辑：赵雪
书籍设计：李彦生
责任印制：巩璠

———————

出版发行：山西出版传媒集团·北岳文艺出版社
地址：山西省太原市并州南路 57 号　　邮编：030012
电话：0351-5628696（发行部）　0351-5628688（总编办）
传真：0351-5628680
网址：http://www.bywy.com　E-mail:bywycbs@163.com
经销商：新华书店
印刷装订：北京市玖仁伟业印刷有限公司

开本：880mm×1230mm　1/32
字数：162 千字　印张：7.625
版次：2019 年 3 月第 1 版　印次：2019 年 3 月北京第 1 次印刷
书号：ISBN 978-7-5378-5807-6
定价：42.00 元

目 录

暗　恋

　　那天我去一家银行办事，当我在柜台前坐下来时，发现柜台里坐着的人竟然是沈苒，她穿着工作服，正低着头整理东西，背挺得直直的。

　　我不敢相信我的眼睛，看了好久才敢确认是她。

　　我盯着她看时她抬起了头，脸上职业性的微笑顿时被惊讶的表情所取代，她也认出了我。我看着她，微笑着和她打招呼，她也冲我笑了笑。

　　"好久不见。"她轻轻地说，几乎是唇语，可是我听见了，我点点头，没说话。

　　这一刻，我有一种时间倒流的错觉，仿佛我们又回到了大学课堂上，沈苒端坐在我的前面，风吹起她的发丝，传来她身上淡淡的香味。那时我常躲在她身后睡觉，因为她把背挺得最直，不仅为我挡住了老师的目光，也挡住了刺眼的阳光，有时我睡醒后，抬起头会发现她的耳际有一丝金色的光晕……

　　她帮我办业务，低眉抬眼，举手投足都跟大学时一样，没有丝毫改变。偶尔她会不自然地看我一眼，头微微歪着，像个小女孩，看着看着就笑起来。我也不自然地笑起来，旁边的人莫名其妙地看着我们。

沈苒办完业务后把单据递给我，我接起来的刹那，不知道哪里来的勇气，突然问她："你什么时候下班？"

"怎么了？"她的声音依旧很好听。

"我请你吃饭吧？"开口时的勇气荡然无存，此刻我汗如雨下。

"可是还要一会儿呢。"她又歪头望着我，楚楚可人。

"没事，我等你。"

她还没来得及回答，我就走到了旁边。她只是怅然地抬起头看了看我，又埋下头去。

我坐在椅子上，心脏急速地跳着，感觉好像要从喉咙里跳出来一样。我不敢往沈苒那边看，总感觉她在看我，所以我浑身都不自在。最后我换了一个稍微舒服点的姿势，调整了一下呼吸，才向沈苒看过去，发现她并没有看我，而是低着头在办业务。

这一瞬间，一种哀愁突然就裹挟了我。

大一开学那天，我在排队领书的队伍里看到了沈苒。我先看到的是她后脑勺，她的后脑勺有着很好看的弧度。接着我看到了她的耳朵，阳光下，她的耳朵看起来仿佛透明的一样，让人有一种想摸一摸的冲动。然后我看到了她脸上的笑容，她的笑轻轻的，给人一种如沐春风的感觉。正待我要继续看时，她突然转过头来，我赶紧将目光移开，呼吸骤然加快。

后来我在新生课上见到了她，才知道她是我的同班同学，也知道了她的名字——沈苒。

上课时她爱坐第一排中间的位置，而我总是坐在最后一排，我只能远远地看着她。

军训时，她在我旁边的方阵，我依然只能远远地看着她。

学生会招新干部面试时，她成功了，我没有。

在图书馆的时候，她坐在靠窗那一排，我却因为起得晚，永远抢不到靠窗的位置，依旧只能远远地看着她。

我骑单车从她身边路过时会故意慢下来，感受自己的心跳，而她那时会低着头，装作没看到我，我就会气馁地加快速度，远远地离开，在转角处匆忙看她一眼。

"哎，想什么呢？"

突然传来的声音吓了我一跳，回过头，发现沈苒正疑惑地看着我。

"下班了吗？"

"下班了。"

"那好，去吃饭吧！"

并肩从银行走出去的时候，我一时词穷，明明心里有千言万语，却不知从何说起，只好别过头去对她笑。估计笑得很难看，看沈苒的样子，估计也这么想。

我们走在安静的林荫道上，风吹过来，呼呼地响。

"这让我想起了我们大学的那条路。"

沈苒愣了一下，接口道："是有点像。"

又是沉默，我好不容易挑起的话题就这么断了。

"毕业后你还好吗？"她终于主动问我。

"嗯，先前有些难，现在好多了。"

她抬起头，望着我，像想到什么似的，又低下头去。

"真的好巧，想不到我们会在这里遇到。"

"是的，真的好巧。"

过了一会儿，她说："我在这里工作两年了，怎么一次都没看到过你。"

"我是来这里出差的。"

她差点叫出来："你这么凑巧来了我上班的地方？"

"嗯。"

我这么说着，鼻翼一下子酸了。

和沈莘的重逢，让我不禁想起大学时光，在我要对她发动爱情攻势时，从同学那里得知了她已经恋爱的消息。我很想向她求证，最后到底作罢，我又有什么资格呢？刚刚燃烧起来的爱情火苗瞬间被一盆水浇灭了，我陷入痛苦的泥沼。我想过将注意力从她身上转移开，也想过找个别的女生替代，但终归都是徒劳，我的目光总会不由自主地落在她身上，鼻子总会不由自主地在搜索她空气中的味道，就连惆怅也时时刻刻因她而起。

我本来有千百种方式度过我的大学，却从来没想过会是以暗恋的方式。我不知道我为什么会那么快就喜欢上她，也不知道我为什么会在她面前哑了火，我有太多的为什么了。

其实我有试过去靠近她，我曾连续写了两个月的匿名信给她。为了怕她猜到是我，故意骑单车去很远的镇上投递，装作是一封远方的来信，可是我忘了她可以根据邮戳知道这封信并不是来自远方。但是，寄出的信石沉大海，没有丝毫回音。我曾怀疑我投信的那个邮筒下面有个洞，将我的信漏掉了，也怀疑邮差没有尽责，把我的信弄丢了。最后我才明白，这个方法太拙劣，她或许根本就没看，或许她根本就不在意，我只能不了了之。

我和她选一样的选修课，懵懵懂懂地听了一学期的佛教史。

为了和她一起上体育课，我成了我们班唯一选排球的男生。

我选了一条回寝室最远的路，只为能经过她的寝室时多一些看见她的机会，我成了室友口中力气多到无处用的人。

我何曾不知道这些事很傻很幼稚，可那时的我就是控制不住我自己，并且陶醉在自己制造的迷局里。

再后来，暗恋成了我的一种习惯，成了和吃饭喝水一样平常的事情。

我和沈苒到了餐厅，服务员对我们老道地微笑着，我们两个的窘态服务员看得出来。我们靠着窗边坐下来，沈苒用一只手撑着下巴，盯着窗外发呆。这幅画面似曾相识，尘封的记忆涌现，那是大学时沈苒的习惯动作，上课累了或者课间休息时，她就这样望着窗外，我就在她后面看着她。

"你要吃什么？"我问她。

"随便吃点吧，也不大饿。"

我开始点菜，要是沈苒的口味没变的话，我点的菜大概合乎她的口味，因为她在食堂吃饭时总是打那几个菜。沈苒自然不会查觉这些，等菜的间隙，我和她终于聊及我们的大学生活。

气氛自然了许多，我们从来没有这么融洽亲密地谈过话。

大学时，我离她最近的一次是我们班出去露营，那天晚上，我一个人跑到海边，没想到她也在那里，我们一起看了一次夜海，看了一次星星。我不知道她是否还记得，我是永远不会忘记那天的情景。

我很想开口对她说以前的事情，从我毕业后，这个念头就一直存在我心中。我多想有一天，在我和她久别重逢后，我可以风轻云淡地对她说："你知道吗？我曾喜欢过你。"现在，她就在我面前，我却一句话都说不出来，只能在她低头的时候贪婪地多看她一眼。

大三的时候，她和她男朋友分手了，她一个人坐在学校的湖边哭，我在第四教学楼的窗口，默默地看着她。她的身体抽搐着，似乎一股巨大的悲伤要从她身体里涌出来。我多想靠近她啊，递给她一张纸巾，陪她说说话，可是我终究没有去，我只是远远地看着她。

我的大学是空白的，又是丰富多彩的，我把所有心思都用来描摹沈苒了，只是她是白色的，根本就看不出来。这就是暗恋，我想我再也不可能如此暗恋一个人了，这是多么让人感伤！

"你毕业后过得好吗？"我盯着她的眼睛问。

"还好。"她又低下头去，不敢看我的眼睛，仿佛是转移话题，她说，"你记得××吗？她都结婚了。"

"真的吗？我没有咱们班女生的消息。"

"唉，你们男生就是这样。"她叹息了一下。

听到沈苒的话，我笑了起来。

"你毕业后还见过别的同学吗？"沈苒问我。

"这次算的话，就只有你了。"我说。

她用一种感伤的眼神看着我，我别过头去。

吃饭时我们又沉默下来，我一直怂恿自己："快开口说话啊，别冷场了。"可是我什么话都说不出来。

我对沈苒的暗恋持续到了大学毕业，同学们多少发现了一点苗头，我虽尽力掩藏，可是在一件事情或者一个人身上投入太多感情的话，那是怎么也掩盖不了的。他们开我们的玩笑，我和他们争辩。沈苒却从来没有说过什么，她总是默默地承受。

除却那些风言风语，我喜欢沈苒的事情从来没有一丁点儿表露。我是一个喜欢将秘密藏在心里的人，当我决定不表白的时候我就做好了藏住这个秘密的打算。

这时我的思绪被一阵手机铃声打断。

她的手机响了，她摁断，过了一会儿，手机又响，她再次摁断。她的脸涨得通红，尴尬地望了望我，像是犯错的小学生。

"接吧，没事的。"

"是我先生。"沈苒说，"总是很烦人，刚才都发短信告诉他今天要和老同学吃饭了。"

我的心急速地抽搐了几下，慢慢才平静下来。

"哦，你都结婚了。"

"嗯，去年。那你呢？"

"也快了。"我屏住呼吸。

她低着头。

"他大概担心你了。"我别过头向窗外看去，竟然下雨了，雨点密密匝匝地打在玻璃上，城市的灯火被雨水模糊了。

"时间过得真快……"她说。

话没说完，她的电话又响了。

"唉，真烦人。"

"快回去吧。"我说。我突然又感受到了大学时的疼痛，原来我的心脏并没有生出老茧，依然可以被轻易地刺疼。

"那怎么好意思？我也想和你多说会儿话。"

"我还要在这里多待几天，会有机会见面的。"

"真的吗？"

"真的。"

"那把你电话号码给我，我明天给你打电话。"

我把电话号码给了她。

"那好，今天我先走了。"她拿起包，对我歉意地笑笑。

我点了点头。

沈苒走出几步，旋即转回来，对我说："你这几天真不会走的吧？"

我点了点头。

她露出一个微笑，冲我挥挥手，转身走了。我望着她往灯火最辉煌的地方走去，越走越远，很快就消融进雨中的灯火里。我想起大学毕业的那晚，我们在酒店吃饭，酒酣人散时，我拿着相机走到沈苒旁边，让室友帮我们拍了一张合照，除了毕业照外，这是我们唯一的合照。

照片里的沈苒温柔漂亮，时隔几年后再次见到，她一如当初的摸样，可是我知道有些东西终究是变了。

第二天我离开了这座城市，我发短信告诉沈苒说公司有急事。过了一会儿沈苒回了一条短信来说：好的，注意安全。

我遽然落寞，无论是我在一千多个日日夜夜里关注着她，还是多么机缘巧合，我能在一个陌生城市走进她上班的地方，我都没能再靠近沈苒一步。我们的距离一直就是那样远远的，从来没有变过。

我转过身，背着沈苒离开的方向走了，那一刻，我终于明白，有些东西是该彻底放下了。

(作者／骆瑞生)

我已足够好，总会遇见他

1

在这个城市里，我们与身边的人其实并没有什么两样。在外，我们衣着得体，外表光鲜，彬彬有礼。遇到熟悉但不喜欢的人时，再不似年少时那般扭过头去，装作从不认识，而是会在第一时间里绽放出微笑——不管那笑容是出自假意还是真诚。

我们为人踏实，工作努力，信奉的准则多是"曾经受过的苦，总能照亮自己脚下的路"，"自己总能配得上，更美好的生活"，或者是"当我足够好，才会遇到你"这句爱情箴言。因为我们都笃定地相信，不论是为了爱情，还是为了某个美好的目标，我们力图让自己活得更励志，努力地向着阳光生长，向着"足够好"三个字挺进。

当然，即便人人都在打着鸡血扮演"励志姐""奋斗哥"的角色，总会有那么一两个另类不屑于在励志的大军中穿行，比如经常来杂货铺晃悠且一坐就是个把小时的沈姑娘，就是另类中的极品。如果某一天有人能将沈姑娘平日里的豪言壮语记录下来，她定当被尊为脂粉堆里的汉子、女文青中的土匪。

之所以对她做出如此评价，并非是我与她有什么私人恩怨，实在是她的各种神句轻易就能把人拨弄得颠倒痴狂。比如某一天，我借来沈姑娘的一本小说，翻到扉页赫然看到这样几个大字："我已足够好，总会遇见他。"且先不管这本小说的情节有多穿越，故事有多胡扯，单是看到这么几个字我就直接兴奋，并且热泪盈眶了，继而青春马上就不迷茫了。

2

有一次几个朋友小聚，席间大家聊的话题甚是粗俗，其中一个不是很熟的女孩无法适应，早早退席。她走后，只剩下沈姑娘和我两位女士了。坐在一群男生中间感觉像羊入狼群。沈姑娘一边大嚼大喝，一边听周围的几个男生大聊特聊他们的"英勇战绩"。

我捅了捅身边的沈姑娘，说："咱吃得差不多了，也该走了吧？"只见沈姑娘站起身来，一拍桌子，鼓着一张油嘴说："若是我的男人以后真在外面有了别的姑娘，我是不会生气的。可若是他在我面前一把鼻涕一把泪地说都是别人如何诱惑了他，那我便不高兴了！我都觉得人家姑娘白白地跟他好了一场。这种人，没劲！"

说完，沈姑娘抓起面前的纸巾胡乱地抹抹嘴，说了声"告辞"便离席而去，我只得左右两手各拎着我和她的包，紧紧跟随在她身后。

我说："你嘴巴上还有油呢。"

她说："这有什么要紧？反正我还打算再买几个烤串、几瓶啤酒呢。"

后来一次饭局上，有哥们儿打趣她："你再怎么大度能忍，你也得先找到男朋友之后才能有机会表现一番啊。"

"急什么？难道你这辈子是当太监的？"已年过三十的沈姑娘不紧不慢地反驳，用一种从容的语气表达心底的不满。

"你看你，整日烟酒不离手，各种段子不离口，哪个男人敢娶？你要想找到对的人，那就得先改变自己。当你变得好了，才能遇到对的他嘛。"

"姐姐我已足够好了，总有一天会逮到他。"沈姑娘一句话说完，一杯啤酒也进了肚。她用手抹了一下嘴巴，昂首挺胸地离开饭桌，雄赳赳地奔赴别的地方。

3

"微胖""爷们儿性格""头发稀疏常出油""吃货""口无遮拦""吃苦耐劳欠缺温柔"……所有这些形容词都恰到好处地勾勒出一个典型的女汉子形象，这个女汉子却有个很婉约的名字，叫沈俏俏。

沈俏俏以前完全不是现在这样。那时的她自卑而隐忍，看似天生好脾气，其实只是不想得罪别人罢了。据说沈俏俏所在的院校里，男女比例严重失衡，即便她不瘦，不美，不白，不会打扮，但一张笑脸外加和气的性格，也一样成为男生喜欢的对象。

沈俏俏知道自己永远不会被冠以"柔媚""娇小""时尚""萌"这样的字眼，她唯有以好性格示人，希望好性格能带来好运气。但她的幼稚也正在于，在这个看脸不看心的时代里，她偏要用一颗真心对待所有人。有句话说得好啊，"用真心对待别人，可以收获快乐，但更多时候收获的是烦恼。"沈俏俏便是如此，确切地说，她极少收获快乐，每天收获的除了烦恼，还有满心的伤痛。她原本打算大学毕业后随着男友回他家乡共谋发展，可她那一片如水晶般剔透的真心被男友揉得稀碎，之后她便不再对爱情抱任何幻想。

以前沈俏俏经常挂在嘴边上的一句话是"我还不够好"，这原本是搪塞别人的万能回复，结果这句话起了自我催眠作用，她果然是越来越不好。人们常说"爱笑的姑娘，结局一般都不会太差"，沈俏俏的结局却不是一般的差。做好人的悲哀就是常常被人渣黏上。

"唉，压根儿就不该对这个世界存有幻想啊。"我听沈俏俏讲述起自己的故事，忍不住发出这样的感叹。但其实我真正想知道的是，为什么在爱情屡次受挫之后她还能笑容满面地面对世界，从没有对他人的幸福抱有怨恨？为什么她宁可大大咧咧，口无遮拦，像男人一样活着，也不肯向身边的萌妹子们稍微看齐，以便在未来的人生道路上为自己挽回一点"尊严"？为什么，她性格那么好，却迟迟遇不到真正欣赏她、爱慕她的人？

当我看到沈俏俏在日记本、新书扉页、电话簿上面端端正正写着的"我已足够好，总会遇见他"时，我就觉得，像她这样伤痕累累却又坚强不屈生活的人，才是世间最励志的存在。

4

"沈俏俏，我今天有约会，这个财务报表，你帮我搞定吧。"

"俏俏，我今天生理期，身上很难受，这个进度你帮我赶一下吧，稍微帮帮我就 OK 啦。"

"哎，沈俏俏，我遇到麻烦事儿了，先借我点钱，过两天就还你。"

工作之后，沈俏俏依然是单位里出力最多却最不被重视的那一个。"你得留点心眼，不要那么好说话。"沈伯母经常这样叮嘱她。

沈俏俏就这样在这个冷漠薄情的世界中茁壮地成长着，但也许真的是她每天都对自己进行暗示的那句话产生了另一种神奇效果，在被人伤害的同时，她身边聚集起了许多真诚的朋友，尽管还未迎来爱情，却已收获到坚实的友情。

作为与沈俏俏相识了近半个甲子的老熟人，我与她聊起她的人生经历时，她总会感慨万千，尽管煽情的内容很多，但总结起来无非就是这么一句话："我本来就很好，哪里还用变得更好？"人们往往听到这里就妄下论断——这是个自恋到无以复加的姑娘，但俏俏的话还没有说完："我的好，全是拜身边的朋友所赐。"

用沈俏俏的话来说，她每一天都活在感恩之中，比如李家小子帮她搞定了电脑故障，她要感恩一会儿；张家大姐帮她买来午饭，她还要感恩一阵。尽管电脑故障并没完全排除，买来的午饭里尽是她不喜欢的肉类，但她还是会心怀感激，因为她坚信，生活如此浑蛋，但未来还是会有惊喜等着她。

或许，真的如她所说，她已经足够好，总会遇到生命中更多的美好。她的生命开始出现变化，出现惊喜，虽然那个他直到现在还是没有出现，但沈俏俏依然满面春风地经营着自己的生活，心怀感恩地向着阳光生长。

5

一天，沈俏俏穿着一身大花衣裳出现在我面前，我着实被惊吓到了。我刚想开口问她："又是谁家的粉面小生伤害了你那玛丽苏般的玻璃心？"她倒抢先开口说："马超，我恋爱了。"

她说起的这段新恋情，发生在她被老板开除后的第二个星期。因为丢了工作，她有些闷闷不乐，她却在微博上写道："人生，有时候就是需要停一停，唯有暂停，才能继续。生命中的一切，莫不如此。"发完这条微博的第二天便有男生向她表白，她在思考了一分钟之后答应了他。

没有人再讥笑她的这次爱情选择为"饥不择食"，也不再有人面带笑容说"祝你幸福"却暗地里推测他们什么时候分手。我说："我希望你和他能走到最后。"她说："凭什么是你希望啊，我的命运我自己主宰，好吗？"

是啊，是啊，沈俏俏你已经足够好，也已经遇到那个他，你看，马上你就要领证去了，你的命运当然是你自己主宰了。

当我们笃定地顺从着自己的心意，感恩着世界，迟早会遇到那期待已久的幸福。旁人或许觉得那是"幸运"，而我们自己却知道，那是一种必然，唯有满怀希望，自在地生活，才能让我们成为那个足够好的自己，遇到那个足够好的他。

（作者／马超）

他只是个名字

1

我再次听见王晨宇的名字，是在 2014 年 11 月的某个中午。

那天，我顶着撕天裂地的妖风去学校南门取快递，扫视着一地贴满标签的盒子，刚要拿起自己的那个时，却被快递小哥一句夹杂着黄土高坡方言口音的问话打断。

"你是叫王晨宇不？"

我像听见集合号角的士兵一般，瞬间挺起身来，左顾右盼寻找这个名字的主人，然后一个身材矮小有点微胖的男生举起了手。

"你叫王晨宇吗？"

我气势汹汹地问出的这句话，显然把对方吓了一跳，他迟疑地看着我，点了点头。

"早晨的晨，宇宙的宇吗？"

"对，怎么了？"

我笑着摆了摆手，提起快递飞速朝学校走去。

那股妖风吹得更加肆意，卷起伏在地面上的落叶，与我的马尾辫纠缠两下，又没命地飞向别人的衣襟。

我停下脚步，一屁股坐在马路边，掏出手机，在信息收件人搜索框里输入一串熟记于心的陌生号码。

2

我的高中生活划分为两个阶段，前一阶段我在努力学习，后一阶段，随着王晨宇的出现，我的青春画布上变得斑斓多彩。

我早就知道在我们同一年级的另一个班上，有个男生叫王晨宇，因为他的好友韩阳不仅是我闺密小白的暗恋对象，还是我们的初中同学。

高二时，小白一下课就会以劳逸结合为由拖我去走廊里溜达。我们手拉着手在 12 班和 10 班之间往返，途中经常遇到出双入对的韩阳和王晨宇。

每次碰面，韩阳都会大方地和我们挥挥手，王晨宇也客气地微笑点头。小白隐藏满心的惊喜，回应着韩阳的问好，食指抓挠我的手心。

真正让我们产生交集的事情，是高三的运动会。

我仗着有两条大长腿，斩钉截铁地报名了跳高比赛。候赛时，王晨宇不紧不慢地走到运动场。

"你会跳高呀？"他坐在看椅上，开始了我们之间第一次独立的对话。

"不会，重在参与。"

"那我就给你加油啦。"

那时的我跟不熟悉的男生说话就脸红，目光游离，一会儿落在板凳上，一会儿落在他肩上，一会儿落在矿泉水瓶上。

阳光明媚得让人心潮澎湃，瞬间怦然心动。

3

相遇和相识是不能同日而语的两个词。

我们可能无数次相遇，在摩肩接踵的楼梯，在漫无目的的操场，在安静的图书馆，在嘈杂的食堂……只要是同一时间、同一地点，即使我们没有看见对方，也不能否认生命和生命的接近、时空与时空的重叠。

从跳高比赛那天起，我真正算是与王晨宇认识了。

那天晚上，他客气地加了我的QQ，我也若无其事地打算发展一段海阔天空的伟大友谊。

"嘿，我是王晨宇，韩阳身边又高又帅的美男子。"

"哦，很白的那个男生？"

"你跳高比赛怎么样？"

"第七，不过也乐在其中。"

"一定是裁判嫌你漂亮不愿意给高分。"

"哪有？"

"我早就听说过你。"

"说我啥？"

"说你乖乖女，成绩好。"

"又是一个上当受骗的人。"

"交个朋友吧，以后有事儿吱声，哥罩着你！"

"为什么是哥？"

"我比你大啊，对了你生日是什么时候？"

"6月11日。"

"小妹妹乖，我6月10日。"

4

接下来的一个星期，我们每天晚上都会聊天，这似乎成了我们之间的某种默契。我会学习到 11 点，然后一边喝牛奶一边等他的 QQ 头像晃动，但是每次都不会迅速回复。

我们聊着乱七八糟的话题，聊得投机，我有时甚至感慨，他难道就是男生版的我自己？

周六晚，已经 11 点钟，王晨宇的 QQ 头像亮了很久，却迟迟没有传来消息。

我有些心烦意乱，不时检查手机。

凌晨 12 点 05 分，他还是没有联系我。

我点开聊天界面，打开输入栏又关上，再打开。

"在吗？"

"嘿！"

"咳咳咳。"

我写出了各种所能想到的琐碎的开场白，却又觉得太过愚蠢而一一删除。

你看，女生总是很轻易去接受一个人的存在，相信自己对对方的好感，期待他的出现，却又因为种种琐事而任由自己胡思乱想，进退两难。

最后我钻进被子里，落寞地发去了一句"晚安"。

王晨宇发来消息的提示音却在这时响了起来。

5

"晚什么安？"这四个字出现时，让我一阵喜悦，有点小激动。我傻傻地发去一连串红着脸的微笑。

"我还以为你不会主动找我说话。"

"我只是……怕你在忙。"

"忙什么？有事就来跟我说，没事也可以和我说话。"

"你是一直在等我找你吗？"

"不要妄言本少爷。"

"哈哈，是。"

"主动一点丫头，主动才可爱。"

"知道了，少爷。"

那天晚上我做了个梦，梦见奶奶去世，得知这个消息的我风也似的冲出了教室。我在走廊里撞见了王晨宇，他用力拉住我，问我发生了什么，我说不出话，大声哭着甩开他的胳膊继续跑。外面下着滂沱大雨，他一路追着我，然后将大大的校服撑在我的头顶。

第二天我把梦说给他听，但没提及梦里的男生是谁。

他第一次严肃起来，说："如果你需要，我义不容辞。"

6

花季雨季嘛，哪个女生心里没藏着一个男神呢？有些干脆不藏，喜欢全都写在脸上，赤裸坦荡。我也想让心事悄悄藏在心底就好，只是眼睛不会说谎。

小白说，从我在走廊里怔住的那一刻开始，她就已经知道，我会开始为谁发傻发慌。我从飘飞的思绪中回过神来，王晨宇的身影已经消失在班级门口。

"他怎么想？"小白趴在我耳边小心翼翼地问。

"他说他也喜欢我。"我的脸上泛起难掩的甜蜜。

"王雪丁，别告诉我你已经表白了。"

"哪里算表白，我只是坦白。"

"所以呢？"

"喜欢就好。"

我一直在用自己的方式喜欢着王晨宇。

没有胆量走到他面前，就默默跟在他身后，无论人群多么拥挤，我都抱着穿越人海的心，亦步亦趋，乐此不疲。我走他走的方向，擦肩之际，又装出一副勉强的潇洒和平静。

我会在晚自习前的课间，躲在只有一盏小灯的停车场，在昏暗里一边唱歌壮胆，一边张望五十米外的篮球场，毕竟那里没人怀疑我，也没人议论他。

我会在下课时呆呆地趴在桌子上，看着门口出神，如果他路过，如果四目相对，那种欣喜用怎样的词语描绘才好呢？

"同学带的栗子，我挑了一个最好看的给你。"

"喂，你跟三班那小子的绯闻怎么回事？有人骚扰你，就让他来找王晨宇！"

"你一个人吗？一起吃饭吧。"

7

可好景不长，期末考试，王晨宇发挥失常，名次一落千丈。从那之后，他不再频繁地找我聊天。

我在一旁鼓励他，一遍遍为他加油打气，每晚都会给他发去第二天的天气预报，俨然忘记自己也是一个备战高考的人。

可王晨宇还是慢慢疏远了我。

"你最近怎么了？"

"没怎么。"

"说个笑话给你听怎么样？"

"好啊！"

"从前有根火柴，觉得头痒，就不停地在墙上蹭，结果着火了。"

"哈哈。"

"……你还喜欢我吗？"

他沉默了几分钟，说："我现在只想安心学习。"

这句话无可厚非，应该被当作至理名言，简直概括了所有老师的规劝，我同意，可我就是没来由地生气。

我退出QQ，闷头做题，可是写着写着，眼泪就软绵绵地打湿了试卷，x、y、z模糊成一片，哪里还算得出答案？

第二天体育课，我恍恍惚惚地在操场上绕圈，完全没有注意到飞来的足球。

足球正好砸在我的头上，我摔倒在地，手掌擦伤，流了好多血。小白心疼地扶我回教室，拿出湿巾为我清理伤口。

"王雪丁你是不是傻？你在想啥？"

我一言不发。

"所有人都躲开了就你没躲开！"

我还是不想说话。

"喂！你对自己好一点可以吗？难道那么多人的关心都抵不上王晨宇一个对你的不在乎吗？"

连小白都看得出王晨宇的不在乎，而我还在纠结他为什么疏远。

"小白，他从我身边走过去，看都没看我一眼。"我咧开一个偏头疼的笑容，随即趴在了课桌上。

"你被砸倒的时候咱班同学都急坏了，你不知道班长那表情好像要杀了肇事者。"

"小白，我头晕，好困。"

那天我没有上晚自习，一个人回家，打不到车，也挤不上公交。我在十字路口低着头，眼泪一滴一滴落下来，初冬的寒风不足以称作刺骨，可吹得泪痕处的皮肤皲裂般痛，坐在婴儿车里的小孩子满眼好奇地看着我，然后他也哭了。

8

我最终还是回到常态，早起背单词，午休做一张数学卷，晚上学习到 12 点，躺在床上默念古诗词到睡着。

再也没等过谁的消息，也未赠予过多的问候。

不做徒劳的事情，不动白费的心思，不爱不爱我的人。

我跟同桌说出这句话时，真的以为自己有金钟罩铁布衫，可以横冲直撞天下无敌。

可是突然有一天，王晨宇的 QQ 头像又晃了起来。

"我又考砸了。"

"现在发现问题是好事，继续努力。"

"怎么努力？"

"如果你需要，我会帮你。"

"你真是个善良的姑娘。"

善良的姑娘有什么好？她们健忘，刚说要一个人潇洒走四方，一声呼唤又回到原地打转。

无论王晨宇问的是简单的英语单词还是复杂的语法结构，

我都会耐心回复。不懂的就去问懂的人，再把所有问题整理出来，定期反馈给他，做巩固复习。

同桌说，她见过的爱在原地转圈的生物只有一个，就是驴子。王雪丁，你不要这么蠢。

我装作听不懂的样子，绞尽脑汁去解眼前的物理题。

下课铃响了，小白把我从座位上揪起来，一直揪到厕所。

"他不喜欢你。"

"怎么了？"

"不值得你这样。"

"我怎样？"

"王雪丁，是不是只有你不知道？"

"知道什么？"

我真的什么都不知道。眼睛里只有一个人的人是看不清方向的，更不会看清他看的方向。

"你自己去问他。"

9

我叫王晨宇"星星"，没人知道为什么，连他自己都不知道。

小王子说，如果有人钟爱着一朵独一无二的盛开在浩瀚星海里的花，那么，当他抬头仰望繁星时，便会心满意足。他会告诉自己："我心爱的花在那里，在那颗遥远的星星上。"

高中时代的王晨宇，就是王雪丁的那颗星星呀！那颗遥远的星星，生长着一株玫瑰花的星星。

可你知道吗？玫瑰花是我自己种下的。

有一天我渴望为爱情分心，我将一粒花种用力抛向天空，叫王晨宇的那颗星星正好这时闪了一下。王晨宇便成为我每天晚上仰望星空的动力，他自顾自地闪烁，我自顾自地满足。

　　他有什么责任照顾那朵花呢？

　　我打开关于王晨宇的藏宝盒，各式各样的小物件就像记忆拼图的零件一般呈现在眼前。

　　舍不得吃掉的栗子。

　　我还记得他交给我时，操场上正播放着周杰伦的《晴天》，我把那句"希望你喜欢吃"听成"希望你喜欢我"。

　　折成纸飞机的礼物卡。

　　那是在歌厅，张笑笑组织的活动，特意叫我一起参加。大家比赛谁的飞机可以飞得更远，他胸有成竹地折好飞出去，飞机落在门后，临走前被我装进了口袋。

　　写着王晨宇大名的答题卡。

　　这件事最难以启齿了吧。当时班主任叫我们几个人去办公室整理答题卡，把各个班级分类。同桌一边骂我傻，一边陪我在一摞又一摞试卷里翻找。我抱着王晨宇的答题卡笑成白痴的时候，真的以为自己就这样拥有了他的全世界。

　　可他有什么责任照顾我呢？

　　"王晨宇，不知不觉喜欢你很久了。"

　　"我很幸运。"

　　"你说如果网上搜索我们的名字，会出现什么呢？"

　　"不知道，不过王晨宇的名字很普通，王雪丁倒是不一样。你是我遇到的第一个叫这名字的人。"

　　"王雪丁真是个奇怪的名字，听起来有些难过。"

"丫头，你还会遇到很多个王晨宇。"

"当然，但你只会遇到一个王雪丁。所以，你要记住我，好吗？"

"我答应你。"

距离高考三十三天，我把和王晨宇有关的所有联系方式，全部删除。

10

也许每个人的青春手册里，都有一个名字，没有解释说明。它让泪水变得神秘莫测，也让笑容显得无畏无知。

我曾经特别害怕忘记这个名字，所以在纸上写了无数遍，在嘴里念了无数遍，在心中记了无数遍。可重复未必代表重要，它可能仅仅说明一个人的孤独和紧张。

高考结束，我们全家人出去吃饭。爸爸开心地拿出手机，要给大家看他拍摄的视频。

视频里，学校大门口的电动门两侧乌泱泱全是人。门里的面孔年轻而欢快，门外的面孔年迈而焦急，还有嘈杂的声音，我们听不清内容，却能被那种释放的情绪感染。这时，门开了，年轻的面孔鱼贯而出，寻找着自己的家人。

我的身影突然间出现在视频正中央，爷爷奶奶笑了起来，我却被画面右上角的身影勾住了眼神。

妈妈问，这个男生是谁？

我笑着答，一个路人。

（作者／王雪丁）

姑娘，你想要的不过是一张双人床

他说，他可以一个月内和她结婚，去她的城市生活，他会把她当成女王，给她万千宠爱。

她说，她愿意给他一个机会。

女的名叫方晓，一位有故事的大龄女青年，33 岁仍旧单身。

男的据说是位 IT 白领，方晓诸多相亲对象之一，真名叫什么，除了方晓自己，谁也不知道。

提到方晓，得先介绍她的外号。

此人外号众多，有的甚至比她的真名响亮。刚开始结识她，我知道她叫"酱油姐"，因为在她的每段爱情故事里，自己都当不成女主角，顶多算是个"打酱油"的，匆匆出现，又匆匆离开。

后来有人叫她"折腾晓姐"，想说她太能折腾。怎奈字数太多，喊起来太费唾沫，这个外号只停留数日。

最后有人提议，干脆叫她"晓姐"得了。不俗不雅，简洁顺口，所以这个名号停留最久。

再说晓姐，和 IT 男的八卦一出，亲友们奔走相告，纷纷猜测，两人不到一个月便会一拍两散。可不到两礼拜，她竟在 QQ 空间里晒出婚纱照，并高调表示：下月摆酒席，请柬制作中。

许多朋友都无法想象，爱折腾的晓姐最终嫁给了一位凡人，且速度之快，让人瞠目。

这样的情节确实太不合逻辑了。这样的评价并不是说女的有多优秀、男的有多差劲，而是本无定性的晓姐，为何会突然转念，肯为一位草根男士披上婚纱呢？

遥想当年，晓姐风华正茂，身边不乏一些高质量的追求者。用她的话讲，"这些人即便不修图，也能摆到照相馆橱窗里"。

我曾问晓姐，当初她为啥没同意和他们交往。

晓姐总说："那些年嘛——我在闭门修炼，如何做一个最美的女人。"

我再问她为何想一心变美。

她则扑哧一笑，附带一种极其蔑视的语调说："你是装傻还是真傻？你以为白马王子真想找灰姑娘吗？人家想的，是漂亮妹子好吗？再说了，漂亮妹子要是没文化，那更可怕了，整天叨叨叨说个不停，人家王子能跟她过吗……"

一番颇有道理的言论过后，我问她："说来说去，你最后真把自个儿变美了？"

"放屁！真有那本事，我现在还至于这个样子吗？"免费送我一个白眼之后，晓姐接着说，"到最后我可算明白了，那些个书里头写的，全是在扯淡。要真碰见一些完全不按套路出牌的主儿，别管多美，全都没用。"

听完这话，我心里多少有些不痛快，毕竟我常给广大女性出谋划策，没有功劳也有苦劳。不过等她讲完故事，我很快就释然了：哇……原来我只是闺密，不是上帝。

大约是 2003 年的秋天，22 岁的晓姐毕业后来到深圳，想通过自己的双手脱贫致富。

先在一个企业干两年，有了足够的积蓄和人脉以后，自己再开店做买卖，奶茶店或者服装店都行，赚了小钱就扩充店面，赚了大钱就收购原来的公司——这是晓姐的 A 计划。

实在不行，在这破地方待上四五年也没问题，忍辱负重没关系，关键是经历和资源，机会成熟了再跳槽，跳到更好的公司给别人当头儿，领导千军万马——这是晓姐的 B 计划。

看得出，她是一个要强的姑娘，这两个计划都堪称完美。

至于爱情，她依然信奉一个准则：只有自己强大，男人才会拜倒在你的石榴裙下。

怀揣着远大的抱负，晓姐开始准备简历。可一路投递过去，通知她去面试的公司却只有两家。计划有变，于是她决定去人才市场，碰碰识马的伯乐。

伯乐常有，而不猥琐的伯乐不常有。见到漂亮的晓姐，许多老板心生邪念，要么让她做助理，要么让她做文秘。

唯独有一个老总，年轻，帅气，又与她年龄相仿，他对晓姐说，他渴望他未来的同事，是一个有梦想的人。

想都没想，晓姐拿起笔便签了劳务合同。事实上，她是冲着老板去的。

这个老板果然不同，洗脑的方式，至少比别人高出好几个段位。上班第一天，他便分别跟员工们谈话。事后大家一核对，才知道他对男同事说的是"今后你们把我当成小弟，哪里不对尽管说"，他对女同事讲的却是"你们把我看作大哥，哪有需要哪就有我"。

天哪，这世间竟有如此男子，谦卑，聪慧。一番艰难的挣扎之后，晓姐试图说服自己，对计划做出调整：我整日奋斗，还不是为了觅得一个如他一样的男子，现在这男人就在眼前，为何不赶快出手？

出手是出手，晓姐的方式和其他人不同。她不会一味主动，而是欲擒故纵，每次挑起对方兴致后又马上收手。种种技巧，自然是她从书上学来的。

别说晓姐长得漂亮，即便长相平平，男人也经不起如此别致的挑逗。不过一个月，老板便沦陷了，还说要娶晓姐，给她一个家庭。

自己喜欢的人，到头来爱上了自己，我若是晓姐，一定兴奋得要死。可她听完此番话，丝毫没有感觉。

按她的估算，像他这样的男人，表白不可能太闪电，太露骨。对付这种男人，怎么也得历经九九八十一难，方可修成正果。

一切突如其来，她反而担心男人图谋不轨。慌乱之下，晓姐开始故意躲避他，避之不及便决定裸辞。

一段恋情，没来由地戛然而止，没爱过的她，好似爱过一样理性。

至今问起，晓姐仍不避讳地说，如果当时答应了，也许他正是最合适的一个。

接下来的几个，真的是一个不如一个。爱过的她，竟和没爱过的一样，情智双残。

其中和晓姐相处最短的，是小她四岁半的一个男生。

她做阑尾切除手术的时候，他在相邻的病床。晓姐家人不在的时候，他一直陪着晓姐，所以住院期间，晓姐答应了对方的表白。

可出院的时候，男生并未带她直奔家里，而是先领她去了趟宿舍，一边走还一边搂着她的腰说："等我读完研究生了，结婚生小孩怎么样？"

她苦笑着点点头，陪他在同学面前炫耀一通，接着一下午，跟他去家乐福里的家电区、食品区、日用百货区逛了一圈，听他谈论了一些有关子女的教育问题。

晚上分开的时候，晓姐主动吻了他，说以后缺钱了，可以管她要，但是缺爱了，就别再找她了。

男生立马明白了，当场删了她的手机号，一边删还一边问："可不可以不删照片啊？"

等他再抬头，想问她可不可以再吻一下的时候，晓姐早已步入校园深处。

老实说，他顶多算是最单纯的一个，却不是最荒唐的。最荒唐的一个，是晓姐在酒吧里认识的。

当晚晓姐喝醉了，第二天醒来，发现自己躺在别人家的床上，脑袋底下，还枕着一个男人的胳膊。

因为一次肌肤的摩擦，她答应和他交往，明知道对方是个典型的花花公子。

这个男人是个摄影师，平日里除了接些外拍的活，其余时间从不工作，却可以赚大把大把的钞票，消遣玩乐。

他什么时候出门，和什么女人见面，全都会跟晓姐打一声招呼。晓姐知道也不管，任由他花天酒地。

这样的男人，冷酷得让人窒息。我问晓姐："为什么可以接受这样的人？"

她说："至少他可以在我最需要他的时候出现。"

我问她："最后为什么又离开了？"

晓姐从来都很干脆，仿佛一切已成过眼云烟。"有些事，没见着的时候，心知肚明也无所谓；可一旦看见，就再也骗不了自己。"

将近一年的时间，她又白白打了一回酱油。

世事难料，假设晓姐现在问我："姐姐我与那么多王子、青蛙分分合合，如今偏偏为一个技术宅男穿戴婚纱，丑大师帮我解释下，这是为何？"

我可能真的无话可说。

记得我刚认识晓姐时，她动不动就跟我分享一些她的故事。当时在我眼中，她不过是一个随着自己的性子，天天作死的姑娘罢了。

毕竟是男闺密，有次微醺，我开口劝她说："晓姐，别打酱油了，好好生活吧！"

她拍拍我的肩膀，意味深长地说："小子，姐知道自己想要什么。"

是啊，爱情这条路崎岖坎坷，有人顺利有人波折，有人求稳有人想作，但最重要的仍是知道自己想要什么。

有些男人，近乎完美，可你就是不喜欢；有些男人，坏到让人咬牙，你却对他一往情深。

错过，重逢，再错过，再重逢。分分合合后走在一起时，已是而立之年，或者行将不惑。

都说女人折腾折腾就会变得成熟，安稳，这是一种心灵的回归，从理想到现实，从浮躁到安宁。在我看来，内心的现实可能不会一直现实下去，这安宁也并不是永恒的安宁。

只是她们折腾累了才会发现，自己想要的不过是一套婚纱、一张双人床，以及一个可以依赖的男人。

男人靠不靠得住那得另说，但这的确是她们青春岁月里，再简单不过的要求了。

（作者／老丑）

那些年，我们一起错过的徐太宇

1

我们似乎已经习惯了当下的生活状态，每天忙着上班下班，忙着相夫教子，忙着处理伴随成长而来的各式烦恼，日复一日，周而复始。做着自己可能并不那么喜欢，却足以养家糊口的工作；拥有自己不那么心动，但足以携手余生的另一半；会遇到很多始料未及，但也能淡定地一笑置之的痛苦。

好像我们都已长成年少时向往的那副成熟的模样，学有所成，经济独立，有个稳定的落脚地。从一个需要被人保护的孩子，长成一个足以保护他人的大人，无坚不摧，百毒不侵。

时间越走越远，它带走的不仅仅是那段无所畏惧的青春岁月，还有一颗敢爱敢恨、勇于幻想、乐于折腾的少年心。我们都曾坚定地认为，那段年少的记忆早已被深埋于心底。未曾想，一部影片有如洪流，拥有足以让安稳的内心长堤决口的力量。

看完《我的少女时代》，我才恍然发现，青春已彻彻底底弃我而去了。感伤，回忆，夹杂着一些小遗憾，谁的青春里，没偷偷躲着一个徐太宇呢？或许他没有想象中那帅气的模样，不够幽默，也不懂浪漫，呆呆木木，却硬生生闯进你的生活，然后牢牢霸占你所有关于青春的记忆。

2

爱上你的时候还不懂感情，离别了才觉得刻骨铭心，为什么没有发现，遇见你是生命最好的事情？

K小姐说。

那年高三，他坐在靠窗位置，课桌上的书摞得高高的，他总把头深深地埋在书堆里，与题海为伍。那年，我坐在前排，很少有机会看到他的样子，这个成绩优秀又安静低调的男孩，曾一度令我好奇心满满。

下午第一节课后，他都会抬头望着窗外发呆，眼神忧郁到让人心疼，深邃得足以望见他的梦想院校。阳光透过窗，落在他的脸庞，窗外还有小鸟叽叽喳喳唱着歌，他常常会因为想起什么而露出一丝温柔的笑容。我就是这样被他迷住的，从此心里住进了一只小兔子，每次从他身边经过都会异常活跃的小兔子。

那时候让我最开心的事情就是每两周换一次座位，这样我就可以光明正大地从他身边走过，去感受这位沉默男孩身上不一样的磁场。

记得那是夏天，午休时，我被窗外热闹非凡的蝉声吵醒，一脸烦躁，习惯性地朝那个熟悉的角落望去，不巧，四目相对，我心跳加速，报之微笑。从此，每节课间，他都会停下手中的笔，抬起头，朝我的方向，微笑，相望无言。

不熟悉霄的人都觉得他是千年冰山，寡言少语，冷漠仿佛可以让时间冻结。可我觉得他不是。他很温柔，是我见过的最温柔也最懂我的人。没有人知道，一个疯疯癫癫大大咧咧的女生会对玩偶与棒棒糖喜欢到接近疯狂的地步，可是他懂。无人知晓，一个看似女金刚的少女内心藏着多少脆弱，可他一眼就能识破。

他属于那种不怎么用功都能轻松拿下第一名的人，我则属于使出吃奶的劲儿都搞不懂电场力是什么的差生。每天中午我都会留在教室做物理题，晚自习后也会留下来复习温书。可他从不，除去上课时间，他都在玩变形金刚，打网游。

后来，他忽然一整天都待在教室里，不管课后，还是周末。我在，他在；我走，他屁颠屁颠跟着离开。他说，高考快到了，我也抓紧时间多看点书。可我慢慢发现，除了我问问题时他会翻翻书，其他时间，他都在听音乐，他超爱萧敬腾。

很多年以后，我才明白，原来这就是懵懵懂懂的爱情。只是那时，我们都还不懂爱，不相信爱，更不敢爱。那年的我成绩烂到一塌糊涂，不懂打扮，不知 QQ 为何物，胆小自卑，拧巴，从未奢想爱神有一天会悄悄来到身边。

3

原来你是我最想留住的幸运，原来我们和爱情曾经靠得那么近。

K 小姐说。

慢慢地，我们越走越近，从原来站着讨论难题，扭扭捏捏，到后来一起坐在校园长椅上，分享各自的过去，那段彼此错过的精彩人生。

"你知道吗，初中时有个男生喜欢我，在他的课本空隙满满地写着我的名字，传得全校皆知。不过我完全不相信是真的，我这样的女生，怎么可能会有人喜欢我？"我哈哈大笑，试图用笑容来掩盖内心的失落与尴尬。

"才不会，我觉得，你是班里最漂亮的女生，也最与众不同。"他说这话时眼里尽是柔情，然后从怀里拿出一个小熊公仔，再从口袋里掏出一支粉色棒棒糖，"生日快乐！"

我哭了，是真的哭了，我几乎不过生日，心想反正也没有人会记住我的生日。他拍了拍我的头，我张开双手抱了抱他，哭得梨花带雨，说："谢谢哥哥，谢谢……"

下午三四点的阳光，温暖得刚刚好。我们都小心翼翼地维持着"兄妹"关系，彼此不言破。

后来的我，留长发，穿裙子，穿高跟鞋，一点一点脱离以前那假小子的模样。大学毕业那年，我把学士服照片发给他说："你也夸夸我吧，有很多人说我是美女。"

"我早说过，你是最漂亮的！"

他告诉我："高三那年我特别喜欢你，是真的，特别特别地喜欢。第一次看清你的脸是在一次劳动课上，一个短发女生跟男孩一样，爬上桌子擦窗户，侧脸看起来特别可爱。"

只是，后来的后来，他有了女朋友，我也有了属于自己的另一半，我们都回不去了。

涛哥说："他当时被你拒绝，是我见过的他最脆弱的时候，他那么骄傲的一个人，哭得跟疯子一样。"

涛哥又说："霄的女朋友，怎么看都像极了你，大大咧咧，爱说脏话，又温柔体贴。"

青春像一场飓风，轰轰烈烈席卷而去，而成长最遗憾的部分在于，我们总在最无知的年华遇到最好的人，却不自知。

4

与你相遇，好幸运，可我已失去为你泪流满面的权利。

很多时候，不是你不爱，更多是你不敢面对自己的真心。像电影里的林真心和徐太宇，彼此喜欢，却都不敢轻易说破。很多时候，不表白，或许还能称兄道弟，做好朋友，可一旦那层纸被戳破，就再也回不到原来那般轻松放肆的模样。

K 小姐说。

那年周末，爱回家的他忽然也不回家了。每周五晚我都会拉着他到校外撒欢，一周吃一份小吃。那年的我考上理想院校以外的另一个伟大目标是，在毕业之前把学校附近小吃街的美食都尝一遍。他好像总有用不完的钱，每次轮到他请客，我都会毫不客气地多点一份，来安慰我的胃。

又到周五，学校忽然开放了喷泉。我坐在图书馆门前的喷泉池边，望着喷泉发呆。隐约听到有人喊我的名字，我循声望去，看见一个少年，手里抱着一只白绒绒的可爱熊，坚定地朝我走来。一只一米六的大白熊啊，他一个一米八的阳光男生，从寝室那条悠长的小道一路走来，脸上的笑容越来越灿烂。

"送给你，以后晚上睡觉不用抱着枕头了。"

我才想起来，有一次我顶着两个黑眼圈跟他抱怨："昨天一宿没睡，雨下得太大了，风声还呼呼呼的，我抱着枕头差点吓死。"

"怎么不打电话给我？我可以陪你的……"很久以后，我才发现，他总能云淡风轻地说出那些话，只是神经大条的我怎么可能懂。

"三更半夜，我一个女孩子打电话给你，不太好吧？"一瞬间，所有的笑容从他的脸上消失，那天一整个晚上他都不太开心。

送我到寝室楼下时，我到他耳边问了一句憋了很久的话："霄，你是不是喜欢我？"

他先是一怔，然后盯着我的眼睛问我："你可不可以，做我女朋友？"

于是我们之间就再也回不去了。

回到寝室，我一个人抱着小熊，天知道我有多激动。可年少时的思维至今我还无法理解，不知道是吃错什么药，我坚定地认为，只要谈恋爱，一定会影响他的学业。我咬咬牙，狠狠地拒绝了他。

那天晚上，不记得他给我打了多少个电话，每次我都毫不犹豫地挂掉，直到最后接起，听到他失声痛哭："你为什么不接我电话？如果你不问，我本想一直藏着……"

少女的心思，有时候真的难以揣测，他的表白，明明期待了很久，可真的到来却还是会想太多，作死一样地端着。明明很想答应，却还是会装作小大人，想很多为了他的前途考虑等冠冕堂皇的理由，来逃避自己的真心，瑟缩着逃避着将他推远。

徐太宇说："原来喜欢一个人，她说的每一句话，你都会放在心上。"很久以后，我终于明白这句话的真谛。

5

但愿在我看不到的天际，你张开双翼，遇见了你的命中注定，我知道她会有多幸运。

K小姐说。

分别的前一天，我们到公园散步，一起安静地走着，没有像以前那样打打闹闹。那天晚上，河边的风好大。他说："我明天就走了，以后有谁欺负你，你跟我说，多远我都会过来。"

我微笑着说："你看我这么凶，有谁敢欺负我。"转身，一个人蹲在地上哭得歇斯底里，留他凌乱在风中。

如果之前不捅破，至少现在可以大大方方地给他个离别的拥抱，再靠到他耳边轻轻说声："珍重，哥哥，那么，再见。"

如果之前勇敢答应，至少现在可以凑到他脸上轻轻给个吻，跟他说："没关系，不管未来走到哪里，至少我们都还在。"

可是渴望发生的都没有发生，我什么都不能做。

他说："放开手是我最后的温柔。"

我怀念过去的他，那个喜欢没事望着窗外发呆的学霸，我更怀念过去的自己，单纯不谙世事，天真充满热情，不知胆怯为何物，哭和笑都很潇洒。

青春是段跌跌撞撞的旅行，拥有着后知后觉的美丽，来不及感谢是你给我勇气，让我能做回我自己。

以前我觉得，要一辈子只心动一回，只爱一个人，才是真正的浪漫。现在发现，学生时代，有个你喜欢的人，刚好他也喜欢你，彼此不言破，才是最珍贵的青春。谢谢你，曾经的徐太宇。

（作者/藕仔莉）

藏匿在味觉里的爱情

1

"餍食"这家店的菜做得越来越难吃了。

Tou看着顾客在点评软件上的留言，朝我叹了口气，见到这样的评价明明应该垂头丧气，他却如释重负一般，放下手机，一口喝完了整杯黑啤。

我拿过Tou的手机，浏览着顾客用极度挑剔的口吻写的差评，嘴里那片嚼不烂的培根最终还是强忍着咽了下去。的确，最近一段时间开始，"餍食"的东西一天比一天难吃了。

作为这家创意料理的老主顾，我几乎尝遍"餍食"的所有菜品，菜品味道莫名其妙的退步，对每一位食客来说都算得上是一个小遗憾。Tou好像察觉到了我微妙的表情，突然伸手端走了我眼前的秘制培根卷，直接倒进了垃圾桶里。

一般餐厅出现这样的问题，最可能的是因为换了主厨，可我知道这里的主厨只有一位，那就是Tou。

Tou倒掉食物后，说了句"不要勉强自己"，为我倒了一杯黑啤。

"最近肯定恋爱了吧，心思都在女孩子身上。"

我故意开他玩笑，实则是从他的表情里读出了他低沉的心情。Tou 摇了摇头，起身去关店门，将写着"已经打烊"的牌子翻向了门外。

"小美她走了。"他淡淡地说。

"不是早就去美国了吗？"

我一头雾水地看着 Tou，他眼睛里的光渐渐暗了下来。

2

Tou 口中的小美，是他的女友，准确地说是以和平方式分手的前女友。

我第一次来"餍食"吃东西的时候，小美是店里唯一的服务员，负责收银、上菜、打扫卫生等一系列杂活。好奇的顾客都会问店里怎么就只有她一个人，小美每每都会笑得特别幸福，回答说这是夫妻店，她和男友甜蜜经营就足够了。

甜蜜的背后当然是无人知晓的酸苦，台前的小美一天下来累得腰也直不起来，台后的 Tou 待在满是油烟味的灶台前眼睛都要被熏坏了。可是两人从未有过抱怨，再苦再累第二天依旧晨光熹微时开张，月光皎洁时打烊。

幸福就是这般简单，你进厨房我打下手，有条不紊地忙碌，平淡而享受。

食物精良，口感极佳，店内的装潢是颇具格调的中式传统风格，"餍食"可以算得上是这条美食街不可或缺的风景了。

本以为这样的良辰美景可以一直持续下去，可突然有一天，Tou 和小美分手了，不久后小美去了美国，只剩下 Tou 一个人经营着这家餐厅。

对美食的热爱，加上想要混个脸熟日后方便吃饭打折，我时不时会来"餍食"帮 Tou 工作，于是知道了 Tou 和小美之间的故事。

3

小美和 Tou 是在大学期间认识的，只不过两个人并不在同一所学校，小美在一所普通大学里读会计，Tou 在小美大学旁边的烹饪学校里学做厨师。

两所学校仅一条繁华的商业街之隔，却催生出了两人之间这段长达三年的感情。

Tou 第一次碰见小美，是在学校一年一度的美食品鉴会上。厨师专业的学生每人做一道拿手好菜，集中起来邀请老师和同学们品尝打分，以此作为学业成绩的考核。

本来是一场封闭的考试，小美被闺密拉着硬是混了进来。

两百多斤重的闺密拉着小美满场子胡吃海喝，面对各式各样的美味佳肴，小美却没有丝毫食欲。

"来来来，餍食鸡，吃了保你忘不了。"

Tou 摆着手示意停住脚步的小美品尝自己这道"餍食鸡"。

"骂谁呢！你说谁是厌食鸡呢！你这菜不用尝就知道特难吃！"

小美这突然的火气让 Tou 丈二和尚摸不着头脑，他把桌子上写着菜名的牌子摆出来，指着上面的字对小美说道："我说的是这道菜叫'餍食鸡'，你要是不尝尝我这只鸡，那你今天来这可算亏大发了。"

小美瞥了那只鸡和 Tou 一眼，正准备抱着胳膊走时，Tou 一把拉住了她。

"美女，行行好，随便尝一口吧！你看我这摊位上冷冷清清的，你尝完给我写个好评，我回头请你吃饭。"

小美看着 Tou 这副可怜兮兮的模样，心软了下来，折回步子，她看着盘子中的这只鸡，有些抵触，可在牙齿咬下第一口鸡肉的瞬间，那种抵触感瞬间消失。

这是她这辈子吃到过的最好吃的鸡。

"怎么样，是不是找回了初恋般的感觉？"

"难吃！"

嘴上说难吃，舌头是诚实的，小美吧唧嘴的动作出卖了她。

小美吃完甩脸就走，Tou 心里一阵埋怨。再也没有人欣赏这盘鸡了，Tou 好失落，满以为他的成绩是零分，却惊喜地发现打分卡上有一条满分十分的记录。他把那条记录后面留下的电话记了下来。

那个号码的主人，就是小美。

4

这惊鸿一面让 Tou 对这个瘦瘦小小的姑娘产生了兴趣，他不时想起姑娘吃完鸡吧唧嘴的声音。

他想约姑娘出来，但每次打对方的电话总是当即被挂断。

"骗子，你打电话前能不能做点功课，姐姐没—有—钱！"

这回虽然接听了，上来却是一顿劈头盖脸的骂，Tou 支支吾吾说出自己是那次美食品鉴会上的鸡主人，小美才忍住没有立即挂断电话。

"对不起，姐姐没空。"

Tou 说完要请姑娘吃饭的事情后，当即遭到了拒绝，随之"嘟嘟"的忙音让这通得来不易的通话再度夭折。

Tou 心想着这姑娘还真有趣，嘴角不由得向上扬了扬。

最后，Tou 还是和小美吃饭了。小美后来主动打电话过来约他吃饭，但条件是 Tou 再亲自做一次那道"餍食鸡"。

嘴再犟，拗不过舌头。

第二次见面，Tou 感觉小美比以前更瘦了，他看着几乎皮包骨头的姑娘，心里竟然萌生出几丝怜惜。

那天他不只做了那道鸡，还做了满满一桌子琳琅满目的美味佳肴。

他等着小美下筷，可小美的视线扫完一桌子菜，却撇了撇嘴。

"怎么？没食欲？"

Tou 问小美，小美点了点头，然后捂着嘴去了洗手间。

真是赤裸裸的批判啊，觉得难吃就直说啊。Tou 心里想自己的菜竟然有只见其色就催吐的效果，真是让人无语。

Tou 觉得过意不去，又熬了碗南瓜粥，看着小美勉为其难地喝掉粥，自己一个人凄凉地收完了这一桌子菜。

喝完粥的小美，抿了抿嘴巴。

"粥很好喝，比我妈做的强多了。"

听到小美的话，Tou 总算得到了点心理安慰，冲着着小美笑了笑。

"这些菜不合你胃口，我带你去下馆子吧？"

小美摇头拒绝。

"其实不是你的问题，是我，我有厌食症。"

这下 Tou 终于明白那天自己喊"餍食鸡"为什么会招来小美一顿痛骂了。

"那天要是知道你……我就不缠着你让你吃鸡了。"Tou 看着对面的姑娘，眼睛里注满了水，温柔得让人心疼。

小美却真诚地说那只鸡是她吃过的最好吃的鸡，Tou 听后心情比中了巨额彩票还高兴。

什么事情能让人比中了巨额彩票还高兴？

当然是爱情了。

5

Tou 就这样喜欢上了这个女孩，他头一次觉得厨师这个职业的内涵不再像广告上说的"见到新 × 方厨师就嫁了吧"那样简单粗暴，而是像心灵导师一般，使命是拯救人类。

他要治好小美的厌食症。

Tou 开始在网上疯狂地查找治愈厌食症患者的方法，神经疗法、药物疗法……乱七八糟的疗法让 Tou 一时间失去方向，最后他还是选择了最平淡也是最安全的方法，以毒攻毒，通过食物来唤醒厌食症患者对食物本身的渴望。

Tou 学着做一些简单又清淡的料理，糕点、清粥之类的，他每天拎着保温桶穿过那条繁华的商业街，跑去小美学校。

小美的厌食症从高中就有了，父母工作忙顾不上，她养成了不按时吃饭的习惯，又想着要减肥，久而久之就饿出了厌食症，病龄挺长。

起初，小美对于 Tou 给她送饭颇感惊讶，拒绝呢，过意不去，收下呢，又吃不下。那段时间不管是变着花样的粥还是换着形状的糕点，小美收下后，都被她那位吃货闺密解决掉了。

"这男生还蛮钟情的哦，毅力可嘉，你打算要他送到什么时候啊？"

身旁的女生都羡慕小美有这样一位坚持不懈的追求者，小美却觉得自己成了 Tou 的一种负担。

小美鼓起勇气对 Tou 说不要再给她送饭了，Tou 傻在原地，然后放下保温桶，转身回去。

那天，Tou 觉得两校中间隔着的商业街是从未有过的漫长，像是要用一辈子的力气才能走完一样。

隔日，那个熟悉的保温桶依旧出现在了小美的手里，只不过送来的人不再是 Tou，而是快递大叔。

这种傻傻的坚持，让小美觉得自己有些冷血，她终于试着尝了一口保温桶里的食物，尽管厌食症让她有点反胃，但起码在味觉得到启动的头一秒，她感受到了久违的幸福。

Tou 的食物是有魔力的。

清粥帮助小美放下了对食物的戒备，Tou 听到快递大叔反馈来的消息，像个得到了大红花的小学生似的手舞足蹈。

按照计划他开始更换一些菜式，在拟好的菜单上加上一些少油的配菜，并且花大把的时间将食物装饰得足够精美，让人看见了就想要咬下去。

快递大叔每天送食物来，小美也逐渐开始尝试接受食物中的新变化，她把好看的食物用手机拍下来，每天上传到微博里，还给它们每一样取了一个好听的名字。

土豆泥上点缀少许的火腿和吐司，使这道料理泛着金黄色的光芒不油腻，它叫作"麦芒"。

新鲜的冬笋配上奶油薏米粥，清爽遇上浓厚醇香，这道叫作"青恋"。

滤油的牛大腿肉裹着黄瓜蜜酱，肉的味道缠绵舒缓，这道叫作"羽化时光"。

……

日子就这样伴随着小美微博内容的增加，一天一天地过去。Tou 欣喜地看着小美对食物的欲望被逐渐唤醒，他熔铸在食物里的感情却依旧没有勇气说出来。

他想，等小美微博相册里的照片突破一千张就向小美表白。

6

与食物有关的爱情，深情都藏在了味觉记忆里。

虽然小美的厌食症在 Tou 的食物疗法下有所好转，但厌食症这种病症很难达到完全治愈的程度，直到他们毕业，小美对食物的抵触感依旧没有完全消失。

神奇的是，Tou 做的一切食物小美都会吃掉，从不拒绝。

微博上的美食图片吸引来了不少粉丝，小美向 Tou 提议，两人开一家创意料理店，于是诞生了"餍食"这家餐厅。

小美学会计负责管钱，Tou 学厨师负责做菜。他们把微博上讨论最多的菜式加到菜单里，然后每一道料理就用小美为它们取的名字。

小情侣的幸福生活就像黄梅戏里唱的那样"你挑水来我浇园，夫妻双双把家还"。

"餍食"的生意日渐火爆，顾客们有很多都是因为小美微博而来，享受食物的同时，更多的是感受 Tou 和小美两人之间那份漫长且不易的幸福。

忘记了从什么时候开始，Tou 经常会和小美发生争吵，有时候是在后厨里，有时候甚至直接在餐厅大堂里吵。争吵的起因多是鸡毛蒜皮的小事，比如小美收银时算错了钱，比如 Tou 忘记关掉一直淌水的水龙头。每回争吵过后，小美总是生一场病，然后 Tou 又回归五好男人的状态，悉心地照料女友。

我们都以为这只是两个人在用小打小闹的方式秀恩爱，可没想到半个月之后，小美突然就走了。

Tou 说，小美在美国的母亲要小美回美国继续读书，而 Tou 因为父母身体不好需要照顾脱不开身，他们选择了和平分手。

Tou 向我说起这件事的时候，眼睛里泪光点点，满满的都是不舍。

后来他尝试着联系小美，但电话始终没能打通，邮件也始终没有得到回复。

从这时候开始，"餍食"的菜品越来越差。

我建议 Tou 试着开始一段新恋情，但 Tou 全然拒绝，我清楚他还放不下小美。

舌头是记忆力很强的器官，味觉自然会将许多种味道一直存储在味蕾里。我想 Tou 对小美的感情，就像这味觉本身的强大功能，一旦记住了就很难忘却。

毕竟，这三年多的感情不是轻易就能坚持下来的。

"餍食"的食物变得越来越难吃，顾客越来越稀少，我还是愿意常常光顾这里，算是对 Tou 的一种安慰。

可是一条路总会走到头，当我听 Tou 对我讲起另一个故事，我才意识到原来舌头也有犯错的时候。

7

其实小美去美国不是读书，而是治病。

长期厌食症导致的不正常饮食引发胃炎，再加上一直没有重视治疗，产生了癌前病变，小美被检查出了胃癌。

Tou 回忆起，小美去美国之前的那段时间，总是生病，Tou 说要陪她去医院检查，她总是拒绝。因为那段时间正好赶上旅游旺季，店里忙得不可开交，Tou 也就没有太多留意。可就是因为这所谓的"不留意"，才让 Tou 永远失去了小美。

小美是偷偷去医院做的检查，检查出来胃癌的时候已经是晚期了，她不想拖累 Tou，一直瞒着，直到办好签证，美国那边也联系好了医院。

走的那天小美依旧向 Tou 撒了谎，故意把离开的时间说迟了一天。

然而这里的"走"和后来 Tou 嘴里的"走"并不是一回事，小美去美国的半年后，离开了这个世界。

爱情是件多么伟大的事情，我们为了成全对方而弄痛了自己。就连死亡，小美也是瞒着 Tou 的，如果不是追思会发函的时候，小美的姐姐不小心把 Tou 的电话当成了别人的，Tou 可能一辈子都会愚蠢地认为小美真的是去美国读书了，或许真的有一天还会回来。

从 Tou 得知事情的真相后开始，"餍食"的味道彻彻底底走到了最低谷。

讲到这里，Tou 眼睛里的光已经完全暗了下来。

他问我知不知道"餍食"这个名字的意思，我摇摇头。

他说"餍"在古汉语里是"满足"的意思，"餍食"就是通过食物得到了满足。

"咀嚼食物使人果腹，品尝爱情让人满足。"

Tou 说"餍食"要关一阵子，这段时间他要去趟美国，再给小美做一次餍食鸡。

（作者 / 王宇昆）

你不知道的事

你不知道，在分手的第 8 天，我又梦见阳光里你手捧鲜花向我走来。

你不知道，在分手的第 15 天，我又情不自禁地点开了你的微信。

你不知道，在分手的第 39 天，我又在川流不息的人群里错认了一个背影。

你不知道，突然锋利的回忆里，我要多用力才能忍住不哭泣。

1

每一场失败的恋情都有一首片尾曲在耳机里单曲循环。

那年夏天，属于我的片尾曲是《可不可以不勇敢》，全宿舍的人陪着我在低压气团里待了整整三个月，我们的大学时光就结束了。

我很感激只有三个月，我再也不用因为偶然和你在同一个食堂吃饭而食不下咽，光是看到你的侧脸，我就已经泣不成声，泪流满面。

我再也不用避开你常去的二层自习室，不用再绕开男生宿舍楼，不用再徒步走到离学校很远的公交车站。当我知道，我们的生活已经是两条平行线时，我能做的只有避免见面。

只有一次，我们在昏暗的楼道里狭路相逢，我们几乎同时意识到了对方的存在，然后踟蹰地、犹豫地慢慢前行。目光相遇的那一刻，你紧张而僵硬地冲我点头，我咬紧牙关微笑，擦肩而过的瞬间我泪如雨下，任往事如潮水般涌来。

2

刚上大一的时候，我们还没有注意到彼此。有一次体育课下课后，我突然发现全班女生都围在操场的一角叽叽喳喳叫个不停，好奇心驱使下，我也走了过去。扒开人群才发现，是你在和化学系的男生打篮球。你一会儿突破过人，一会儿胯下运球，搞得周围的女生惊叫连连。我拉着闺密一脸嫌弃地挤出了人群。浮夸是你留给我的第一个印象。

没想到，户外社团里又和你撞见。那次是社里组织爬八达岭长城。你的身边有佳人陪伴，我偷偷打量那位美女，个子高挑，容貌艳丽，举手投足间都风情万种。闺密努着嘴低声说："够高调的啊，刚大一就带出来了。""管人家呢！"我拉着她一路小跑冲在了前面。

还没爬到一半，我和闺密就筋疲力尽了。眼看着被闲庭信步的你和女友追了上来。你看着我手里的空塑料瓶，什么也没说，擦身而过的时候默默塞给我一瓶矿泉水。我愣在原地，好半天缓不过神来。

"什么意思啊？"闺密气急败坏地说，"我这儿也渴着呢！"

温暖是你留给我的第二个印象。

回城赶上晚高峰，我们大老远就看到公交车站里全是人，排得里三层外三层。完喽，回不去喽！闺密一屁股坐在地上再也爬不起来。

眼见夕阳落山，暮色四合，我们等了三辆车都没挤上去，心里越来越焦急。每辆车都塞到无以复加，然后被众人推上门才慢吞吞地拖着巨大的肚子东倒西歪地开走。我和闺密在疯狂的人群里失去了方向，正披头散发地寻找着对方，突然一双大手在身后稳住了我的肩膀。回过头，竟然是你。

你有力的臂膀隔开了我和喧闹的人流，我第一次这么近距离看你的脸，清秀的眉眼和冷峻的线条像道刺眼的光，一下子照进我的心田。有那么一秒我们是完全对视的，我慌得赶紧低下头，生怕羞涩的眼神泄露了我的心思。

"别怕！"这是你和我说的第一句话。在那样七慌八乱的时刻，因为这句话，我的心变得像四月的风一样温暖而柔软。

你拉着我和闺密顺着人流挤到车门前，开门的刹那，一股巨大的力量推着我和闺密冲进了车厢，而你因为反作用力陷入人群的旋涡里。我急得转过身去拽你，却被疯狂占座的人群推到了一边。我们之间隔着的人越来越多，我伸在空中的手慌乱地摇摆，我大声叫你的名字，一点点地努力靠近你。这场景在分手后的很多个日子里，依旧经常在我梦中萦绕。

东倒西歪、拥挤不堪的 919 路成了我们爱情的起始地，闺密瘫坐在椅子上浑然不知地睡了一路。我躲在你深深的臂弯里，闻着你身上淡淡的阳光的香气，激动得头晕目眩，面红耳赤。

突然，我想起了长城上时在你身边的情影，问你："你的女朋友呢？"

你大笑着说："那是我姐姐，已经被她男朋友接走了。"

"我还以为……"

"你以为什么？"你坏坏地看着我。

3

自习室和图书馆是我们爱情的主战场。我们有太多的相似点，一样勤奋，一样好胜，一样敏感。

大一下半学期可以考四级了，全班通过的人里只有我们俩符合标准。一等奖学金从来就没有花落旁家。大二的时候，我们同时在外国语学院申请学习第二外语。大三下半年，我们开始和研究生导师见面沟通，挑选未来研究的方向。

等到大四，我们系获得了一个去美国交流学习的名额，为期一年。此时我们才发现在人生这座大山面前，我们和所有人一起出发，一路扶持一路艰难攀爬。我们看到大部分人半途而废，与我们情愿或不情愿地挥手告别。记得黑泽明在《蛤蟆的油》里曾经写道，当他通过了初试、复试、三试后，进入山本嘉次郎先生的摄制组，终于感到山顶的风吹到了自己的脸上。长时间艰苦走山路的人，快到山顶的时候会感到迎面吹来一种凉爽的风，这风一吹到脸上，登山的人就知道快到山顶了。我和你一方面欣喜于即将登顶的成功，另一方面却发现，到最后，真正的对手竟然只剩下我和你。

我们发现，我们多爱对方一分，就让对手增强一分。我们多思念对方一秒，就让自己卑微一秒。我们注定是天敌，在通往成功的小径上狭路相逢，因为我们在骨子里都需要给自己的付出一个交代。

笔试的前一天，你来找我。我们表面上风平浪静，内心却暗潮汹涌。临走前，你对我说，明天一定要全力以赴，不让人生有任何遗憾。我点头，泪水在月色里悄然滑落。

我们各自闭关修炼，一路过关斩将，终于在面试的考场外遇到了对方。你瘦了好多，满脸疲惫，眼窝淤青深陷。最后这一仗，我们终于退无可退、避无可避地近身肉搏，正面交锋。

名单是隔天公布的。有我无你。

当天晚上，你提出分手。我哭着说："是不是因为你输给了你的女朋友，所以你就要这样残忍地惩罚我，你说过要全力以赴不留遗憾的。"

你苦笑着说："我输给谁都可以，除了自己的女朋友。我们分手吧，你还有很多事要准备呢。"

你头也不回地消失在路口，任凭我无力地嘶吼。

此后我疯狂地背红宝书，练口语做翻译，三个月后我如愿登上了去往洛杉矶的飞机。临行前，我给你发微信，我写了"再见"。我等了很久很久，都没有等到你的回信。偌大的机场，无数痴男怨女痛哭流涕。孤零零的我彻底失去了你。

4

在美国的这一年里，我不断从闺密那里听到你的消息。

你以全国第一名的优异成绩考上了心仪导师的研究生。

你越来越帅了。

某天中午，你和一个胖胖的女生在五食堂吃了顿饭。

闺密总是问我："你什么时候回来？"我翻着日历一天一天熬。终于，到了回程的日子。老爸把我接回家，我睡在自己温暖的小床上，一大早被妈妈精心制作的蔬菜疙瘩汤香醒，然后睡眼惺忪地爬起来，从写字台上摸出手机。

突然，嘀嘀，手机响起，上面赫然出现你的消息：

你不知道，在爱上你的第 13 天，为了吸引你的注意，我在篮球场上，拼尽全力耍酷，第二天腰酸背痛连下床都困难。

你不知道，在爱上你的第 25 天，我因为看见了你的名字才报了最不喜欢的户外爬山社团，还特意拉姐姐来试探你，被她嘲笑到了现在。

你不知道，在爱上你的第 46 天，我发现你真的很聪明，我必须奋力奔跑才能追上你的脚步。每天和你一起下了晚自习，我还要偷偷跑到男生宿舍的地下室里苦学到深夜，才能保证在下一次和你的名字在一起出现。

你不知道，在爱上你的第 1078 天，美国大学的那次招生，我输给我最爱的人，心服口服虽败犹荣。但我不能让你左顾右盼，我太了解你，越艰难的处境越能激发出你的斗志。

你不知道，在爱上你的第 1296 天，我偷偷去机场送你，不敢露面不敢流泪不敢回你的短信，我怕你知道我的不舍，我怕这不舍会变成你向前的牵绊。

你不知道，我押上一生的幸福与快乐赌你会回来。

你不知道，此刻，我就站在你家的对面。

（作者 / 米粒）

56

竹马湮没在时间的河里

1

7月21日的早晨，我下楼取了一个快递，拆开包装，里面躺着三个已经发霉的蟹黄包。

寄件日期是18日，那天我给已经很久没有联系的卢晓棠发微信，跟他说我生日那天想吃蟹黄包。我以为他会在第二天的清晨敲响我的房门，怀里揣着三个热气腾腾的包子，我们像从前一样，坐在我家客厅里一人吃一个半，再喝一大杯冰镇西瓜汁。

这是我唯一的生日愿望，可这一切都没有实现。

我抱着快递盒子，盘腿坐在客厅里，喝两天前就准备好的冰镇西瓜汁，一个人吃掉了半个十寸蛋糕。看着三个已经被挤压得露馅的蟹黄包，我不知道为什么在同一个城市，寄过来的东西也会过期，就像我不知道卢晓棠为什么会爱上我。

我坐在卢晓棠从他爸书房里偷来的懒人沙发上，整个人陷在里面，回想着那天他说的话，他扛着这个沙发从公交车上下来，再爬上没有电梯的七楼到我家，弯着腰气喘吁吁地说："许恋恋，千万别跟人说是我扛过来的。"

"难不成你家沙发会长翅膀飞过来？"虽这么说，可我真心喜欢这个绿皮沙发。

"我爸罚我在书房面壁，我竟然躺在沙发上睡着了，我醒来第一个人就想到了你，你不是总睡不安稳嘛，这沙发肯定能让你睡着。"卢晓棠边说边拉我在沙发上坐下来。

身体陷进去，像坐在棉花上，柔柔软软的，我嗅到身侧卢晓棠衬衫上淡淡的汗味，真的就躺在上面睡着了。

卢晓棠说得对，这张沙发真的会比较容易让人入睡，就像此刻我已忘了跟他长达四个月的疏离，和那三个发霉的蟹黄包。

我梦见16岁的卢晓棠，被炎炎夏日晒得黝黑，挥着干瘦的小腿飞快地向我跑来，额前的碎发被风吹起，乱乱地在额头上跳舞，然后对我说：

"相差四岁又怎么样呢？等你老了，我还可以照顾你！"

2

卢晓棠是不折不扣的富二代，我家里的一大半物品不是他从家里偷来的，就是他买来的，用他的话说是我缺少的东西实在太多。

我们第一次见面是在芦花街的永安茶楼，我吃豆沙包，他吃蟹黄包，可服务员送错，一脸为难地问我们能不能将就一下。卢晓棠豪气地一挥手，说再来一份一模一样的，他买单。我将咬了一口的蟹黄包一口吞下，皮薄馅大，香气四溢。卢晓棠就那样坐在对面看着我一口气吃完三个蟹黄包。

"我们一起吃吧！"卢晓棠不请自来，坐在我身侧，我都不懂现在的少年怎么都这么自来熟，可两个人总比一个人好，何况对方还是个颜值很高的美少年。

犹记当时暮春的风从木窗缝隙里溜进来，带着槐花的香气，落在卢晓棠条纹衬衫的袖口上，他一抬手我就能闻见幽幽的花香，眼前这个少年在和煦的春风里的剪影，倏然间落进了我的眼里。

那时我已 20 岁，而卢晓棠正是个 16 岁领口别花的少年。

不久后，不晓得他从哪里打听到我的名字和学校，在初夏的某一天，将我堵在学校门口，他一脸真诚地从背后拿出一把满天星，递到我面前。

在众目睽睽之下，我只想赶紧逃脱窘境，接下花就往巷子里走，他紧随其后，还对着我大喊："许恋恋，我们一起吃饭吧？"

自此以后，卢晓棠口中"许恋恋，我们一起……"的句式，不胜枚举。

有一个 16 岁帅气少年追求我的事，闹得人尽皆知，大家都抱着看笑话的心理，而卢晓棠一腔热情，我躲也躲不掉。

他第一次拿到我家里的东西是一把上了年月的桃木梳，他偶然听他妈妈说用这个梳头对头发好，所以悄悄塞在书包里，连夜拿来给我。他说，我的长头发要好好保养。

月光如水，温柔地照在少年稚嫩的脸上，他双手捧着木梳的姿态，像极了观音座下虔诚参拜的信徒，我竟有一点心动。

可是我还是说："你不要再找我了，我比你大了整整四岁，就是我都上幼儿园了你才出生，懂吗？"

"So what？那又怎么样呢？"

卢晓棠没有丝毫难过的神情，仿佛被拒绝早在他的预料之中，他只将木梳塞在我手心。也许是怕我再说出更多拒绝他的话来，还不等我回答他就挠挠后脑勺走了。

我却想，这家伙看起来吊儿郎当，英文口语倒学得不错。看着他离开的背影，我想这样年少的爱慕，不足为患，因为迟早会被岁月的力量碾碎到毫无痕迹。

可没想到，在后来的四年里，卢晓棠轻易就击败了我的自以为是。

3

卢晓棠不知道的是，我也有一个喜欢的人。

他叫潘跃辰，我们一同念完幼儿园，再到小学、高中，大一没念完他被家人安排去了英国。我去永安茶楼吃豆沙包那天，正好是他离开一年的日子，我太难过所以跑来这个从前和他经常吃东西的地方。

在他离开之前，我一直顶着和他青梅竹马的头衔走在他旁边，包括为他给他女朋友送伞，替他跟老师请假，帮他跟他父母圆谎。我们无数次走过电影院门口，却从未一起看过一场电影，我知道我们不会有结果，所以从未说出那份爱意。

卢晓棠第二次给我送的东西，是一双尖头平底皮鞋，嫩绿色的，鞋面上印着一只蜻蜓。他一脸讨好，又有一丝得意地说："我姐姐经常穿高跟鞋脚磨破了皮，我跟她去商场买平底鞋的时候，也买了一双给你，我觉得跟你很搭。"

卢晓棠有少年的狡黠和执着，每次送东西总选人多的地方，我不收下他就不离开。我虽然怕给他一点零星的希望，但又不忍心拒绝他，而且围观的人越来越多，我匆匆收下鞋子，跑回宿舍。

我不懂他怎么会知道我的鞋号，以及我大小脚的秘密，但那双鞋异常合脚，样子也好看，让我有那么一瞬间，以为自己回到了16岁的夏天，变成了一个花季少女。

可是，想到16岁的卢晓棠眼里的期待，鞋子最终被我放在鞋架最底层，一次也未曾穿过。

渐渐地，卢晓棠出现在我们学校门口的频率从一周一次，变成三天一次，最后变成一天一次。

立夏那天，我接到潘跃辰从英国打来的电话，我们从傍晚聊到日落，他在电话那端跟我说起他新交的日本女友，废话连篇地秀恩爱，我沿着操场走了一圈他都没讲完。我抬头时，突然发现卢晓棠站在主席台上，一动不动地望着我，吓了我一跳。

潘跃辰还在说着什么，我随口应付了几句，挂了电话。

卢晓棠见状，从主席台跑下来，站在我面前的时候，从怀里掏出一颗鸭蛋塞到我手里。

"今天立夏，听同学说要吃鸭蛋。我一路揣过来，还是热的呢！"

鸭蛋的温度在手心里流窜，我忽然有些心酸，想起有一年夏天我也曾这样，揣过一个鸭蛋给潘跃辰，他收下了鸭蛋，但是第二天载我去学校的时候，鸭蛋从他校服口袋里蹦出来，沿着下坡路，一直滚到我看不见的地方。

我看着这枚鸭蛋，一瞬间恍惚，以至卢晓棠跟我说"许恋恋，我们一起看电影吧"的时候，我竟鬼使神差地点了头。

卢晓棠欢喜地拉着我的手，从操场一路狂奔出校门，风吹着我们的额前的头发，灌满我们的袖口。我看了一眼少年的侧脸，仿佛我们在夕阳落日前策马奔腾，脚下每一次的腾空与落地，都是一次新的征程。

那天晚上我跟卢晓棠一起看一部英国文艺片，也是我人生中第一次看大屏幕电影。电影节奏有些快，我英文很差劲，又总是来不及看字幕。卢晓棠在一旁声情并茂地同步翻译，我才知道他经常转英文不是耍酷，而是英文真的很棒。

从电影院出来，卢晓棠挠着后脑勺一脸羞赧地看着我，我抢在他张嘴之前对他说道："对不起，我真的不会喜欢你。因为我已经有了一个喜欢的人，你不要再给我送东西了。"

我没给他说话的机会，匆匆逃离了现场。

4

我说完那番话后，卢晓棠倒是有一阵子没来找我，毕竟他才16岁，身边亦有很多个年少如花的女生，穿着他喜欢的那种少女小皮鞋，他们才是一个世界的人，而少年的喜欢也总是浅薄的。不知道为什么，这么想的时候我竟也有一丝隐隐的失落。

但这种失落仅仅持续了一周。一天我正窝在宿舍看美剧，卢晓棠的声音从宿舍楼下传了上来。

"许恋恋！许恋恋！"一遍又一遍，寝室的室友纷纷投来好奇的目光，很快宿管阿姨就过来叫我下楼。

卢晓棠一见到我，立即摊开双手一脸无辜地跟我说他这次没给我带东西，他只是觉得好像有一个世纪那么久没看到我了，所以只是想来看看我。

瞧，年少的话总是那么夸张，不过我的少女心还是不免被感动。

"我不知道你为什么喜欢我，但是你真的太小了，我不可能给你满意的回答，你在我身上也得不到任何你想要的。"我说。

"我已经快成年了，不需要你给我什么，也不要你现在就爱上我，"卢晓棠说，"只要你别躲着我，不要拒绝我。"

那样真诚澄澈的眼睛，我无法说出残忍的话，那就等他自己知难而退吧，毕竟爱一个没有回应的人，是有期限的。

所以，我答应他了。

后来，他依旧不听话地时常送东西给我，我们一起看了上映的每一部新电影，去了这座城市里所有的公园。大概是习惯了，我渐渐不再那么介意别人的眼光，而卢晓棠的热情没有丝毫减退，反倒更加热烈起来。

两年后，卢晓棠考入我上的大学，而我已离校准备工作。我们依旧时常见面，只有他，是我毕业后唯一一个联系的人。

卢晓棠个子长得很快，已经高出我半个头，少年的稚嫩渐渐从他脸上消退，街上遇见熟人，也从"许恋恋，你弟弟长得挺帅啊"变成了"你男朋友长得挺帅"。

我想，大概卢晓棠是真的长大了吧，可是……我也在变老啊。

5

我 22 岁生日的时候，卢晓棠买了三个蟹黄包送到我家里。

我倒了两杯冰镇西瓜汁，和他一起坐在客厅里重温《美丽人生》，看到最后卢晓棠眼眶泛红。此时，我跟他已经非常熟悉，像多年的旧友，我拍拍他的肩当作安慰。

他吸吸鼻子，突然对我说："许恋恋，我们一起去一趟西双版纳吧。"

我愣了愣，没有作声。他继续说道："我们一起去骑大象，一起穿过花海，他们说旅行一定要去西双版纳。"

他眯着眼，看着远方说了许多情侣之间应该做的事，他明知道我不会答应，可还是说了许久，说到最后我们都沉默了。

我想，大概是他怕迟早有一天我会离开，所以才想一起去旅行一次吧。

九月，我在一家设计公司谋到一份轻松的工作，卢晓棠不知用了什么方法，很快和我的同事们打成一片，他们总说："许恋恋，你的小男友真可爱！"

冬天的时候，卢晓棠总是穿宽松的羽绒服，我笑他傻，他却揽着我的肩膀说："这样你冷的时候，我就可以裹着你了。"我微微一愣，心间流过一股暖流，我突然有些害怕，我怕这个少年永远不会知难而退，甚至会拉我"下水"。

下雪那天，卢晓棠在公司休息区等我，一见我就丢给我一个热水袋，我却精神恍惚地闪开，热水袋啪地掉在冰冷的大理石地面上。我们俩都愣住了，但很快卢晓棠捡起热水袋，重新放在我手上。

我想起从前下雪的时候，潘跃辰总是会向我丢雪球，所以我才会条件反射地躲开，没注意这个男生丢给我的是温暖的热水袋。

那一整个冬天，我的手出奇地没有生冻疮。

我 23 岁生日的时候，卢晓棠念大二了，看起来更加结实，笑起来没有了少年的羞涩，我怀疑他也有故意装成熟的嫌疑。

我们依旧坐在客厅里，吃三个蟹黄包，一人一个半。那一年冬天，我依旧没有生冻疮。

我24岁这年春天，是我们认识的第四个春天，卢晓棠提议庆祝一下，我们在永安茶楼吃了两笼蟹黄包，吃到撑肠挂肚，趴在桌子上险些站起不来。

卢晓棠说："许恋恋，我们已经认识四年了，我已经20岁了，在英国20岁都可以结婚了。"

"我们是在中国，中国男生的法定结婚年龄是22岁。"我嗅着窗外槐花的香气，点着头对他说。

沉默了一会儿，卢晓棠突然又问道："许恋恋，你现在还喜欢那个人吗？"

我没有说话，开始认真思考这个问题，大约是从两年前开始，潘跃辰很少再打电话给我。现在算起来，我已经忘了跟他上一次通话是什么时候。

"许恋恋，我们可以开始像情侣一样的约会了吗？"卢晓棠问得小心翼翼，而我心乱如麻。

我跟潘跃辰怎么会走到这一步呢？他是我从小就喜欢的人啊，我曾为他去英国的事彻夜痛哭，我曾数着日子期待他的来电，我曾无数次在日记里写过我们青梅竹马的故事。可是为什么，这么细腻的曾经会被岁月掩埋呢？

卢晓棠又问了一遍，我说我要一个星期的时间考虑。

6

一个星期的期限很快就到了，卢晓棠准时出现在我家楼下。

"许恋恋，你想好了吗？"卢晓棠装出一副淡定的表情，可我依然能感觉得到他很紧张。

"你不是说想去西双版纳吗？"我答非所问，他眼前一亮，点头如捣蒜。

"卢晓棠，我们一起去吧。"四年来，我第一次使用这个句式，原来说出口还是需要莫大的勇气。

卢晓棠愣了几十秒，一脸不敢相信地问我："你，你是说答应我的表白吗？"

"我们先旅行一趟再看看吧，其他的我不敢保证。"我不希望这个少年再有任何失望，四年了，我不能说我一点也不喜欢眼前这个少年，只是我真的需要一段时间来忘记潘跃辰，忘记我那么多年的暗恋，忘记我比他大了足足四岁。

但是我又明白等一个毫无希望的人，有多艰难。

卢晓棠兴奋地跳了起来，四月春风里有初次相见时的槐花香，看他这样欢快，我不禁也觉得欢喜起来。

我们约定暑假的时候启程，卢晓棠悄悄在我耳边说，在等我联系他之前的那一个星期里，他真的很怕我会偷偷跑掉，逃去他再也找不到的地方，所以他每天都会藏在我家楼下，看我下班回来才安心。

我看着眼前的少年，竟感动到有些想哭。

那天，我正在写一个策划案，突然接到了潘跃辰的电话，他说好久不见，他说他失恋了，他说……他要回来了。

电话挂断许久，我仍不敢相信潘跃辰要回国这件事，以至于半个小时后，卢晓棠欢喜地打电话告诉我，他已经订好去西双版纳的机票的时候，我竟然说："卢晓棠，我喜欢的那个人要回来了，对不起我不能跟你去西双版纳了。"

卢晓棠兴奋的语调戛然而止，良久才说了一句"没关系"。

我想，我终于让他知难而退了，可是我怎么会那么难过呢？仿佛有什么东西被从心底抽走。我坐在燥热的办公室里，从头凉到脚。

卢晓棠从那天起就再没出现过，没人再端着一碗鲜榨果汁等我下班，没人再扛着东西跑来我家，也没人会说"许恋恋，我们一起……"这样的句式了。

潘跃辰在7月2号回来，我去接机。五年多的空白期，我们难免有些尴尬，用了一周时间才恢复从前的氛围，可我感觉这五年里，我的心里似乎少了一些什么，又多了一些什么。

"许恋恋，这五年我一直没听说过你恋爱的事，你该不会一直没恋爱吧？"他喝了一口冰镇西瓜汁试探性地问我。

我脑海里第一个想起的人，是卢晓棠，于是我心虚地说："当然有啊，是个美少年。"

潘跃辰喷出一口西瓜汁，一脸不信地问："你该不会搞姐弟恋吧？"

我顿时来了一股无名火，直勾勾地看着他说："姐弟恋怎么了？姐弟恋也比喜欢一个人却从未得到回应好吧。"

潘跃辰被我吓到，良久，他放下西瓜汁，严肃地告诉了我一件事。

他说他其实早就知道我喜欢他，但是他没办法喜欢上我，他为了让我死心，才会故意每次叫我去电影院给他和女朋友送伞，去了国外还总在电话里跟我说女朋友的事。他说他对一个女孩的喜欢是有时效性的，他不想辜负我，以及我们二十多年的友情。

他最近倒真喜欢上了一个姑娘，只不过那个姑娘喜欢的是别人。

"那你为什么要回来？"我问。

潘跃辰看着我说："因为我发现，你已经不喜欢我了。"

我没想到，有生之年还有机会跟潘跃辰谈论喜欢他这件事，可是我竟出乎预料地没有难过。他走后，我打电话去公司请了假。

我在房间里用了三天的时间仔仔细细回忆了一遍和卢晓棠相识的始末，从 20 岁到 24 岁最美丽的年华里，都有他的存在，而我亦见证了他从一个少年长成一个青年。一个是陪我看过所有的电影、给我买绿色蜻蜓平底鞋、怀揣鸭蛋的少年，一个是童年便陪在我身边，支撑了我整个青春的竹马。

在那一刻，我恍然明白，不是所有的青梅竹马，结局都是一首人人传唱的爱情诗。

我与潘跃辰，从一开始就注定，一个是天涯一个是海角。

7

我在潘跃辰的手机里发现卢晓棠的照片时，已经是八月了。

照片上的卢晓棠跟潘跃辰站在圣保罗大教堂的门口，两个少年勾肩搭背，一副很熟的模样。我装作不经意地说："我都不知道你在英国还有个弟弟。"

潘跃辰拿过手机，看了一眼说："不是我弟弟，是我搬去英国后的邻居，从 10 岁起就跟全家人移民英国了。我去了一年之后，他突然跟他父母说想回国，16 岁那年就一个人回来了。

好像还喜欢上了哪个姑娘，总打电话问他姐姐女生都喜欢什么东西。"

我还没回过神，潘跃辰继续说道："对了，为了混熟我把我们一起长大的事，还有你暗恋我的事都告诉他了，他还说你真可爱。对了，说起来他好像也在这座城市。"

刚开始看到照片的时候，我以为天底下不会有这么巧合的事，现在我才知道原来我跟卢晓棠的相识，从一开始就不是偶遇。难怪这个少年一到春节就不见踪影，难怪他从没跟我提及他的住处，难怪他在我说起潘跃辰的时候，眼神总是那么避讳。

原来，卢晓棠对我的喜欢，并非空穴来风。

因为这从未谋面的喜欢，16岁的卢晓棠独自从英国跑回来，这需要多大的勇气啊！每次送东西给我时提起的家人，其实并没有在他身边，他只是一个人待在这个陌生的城市。

我跟卢晓棠最近四个月的联系，只剩下一条微信消息和上次那三个发霉的蟹黄包。想到这里，我从懒人沙发上跳下来。我想我再也不能逃避了，也不能再失去了，从我在机场再次见到潘跃辰的那一刻起，我就笃信我早已经不喜欢他了。我匆匆翻出鞋架最底层的那双绿色蜻蜓平底鞋穿上，找出卢晓棠的电话，我想我对他的那种感情已有了答案。

这四个月来，我一直因愧疚自责而没能拨出这个号码，此刻终于不再害怕。尽管我辜负了他四年，可是我还有四十年可以补偿他，甚至可以用更久的时间来告诉他，我爱他。

电话一接通，我就对着电话大喊："卢晓棠，我们一起去西双版纳吧！"

在等待的时间里，我以为我会被拒绝，可许久之后电话那端传来一个年轻的女声："卢晓棠，有个姑娘说要和你去西双版纳！"

第二天傍晚，卢晓棠气喘吁吁地敲响了我家的门。原来在我拒绝他之后，刚好他姐姐从楼梯上摔下来受了伤，他爸妈一起去旅行了，家里没人照顾姐姐，他匆匆回了英国。等了四个月后，我给他发微信说要吃蟹黄包的时候，他高兴坏了，可是走不开，只好麻烦国内的朋友从很远的地方寄给我，所以蟹黄包才会发霉。

"许恋恋，我等了四年，只为了等这一刻。"卢晓棠说这句话的时候，眼眸如四年前我初见时一样，清澈明亮。

四年零四个月的时间，我终于还是没能逃脱。什么大四岁，什么青梅竹马，什么姐弟恋，我全都不顾了，只管勇敢地扑进他怀里。

就让那个竹马，湮没在时间的河里。

（作者／陈若鱼）

亲爱的，我们能不能开门见山

余慧看见茶几上方鸿留给自己的便条后，怒火中烧。

这是方鸿这个月的第十一次，第十一次不和余慧一起在家吃晚饭。

便条开头的"老婆"让余慧感到恶心。她把便条撕了个粉碎，然后扔进了垃圾桶，目光没有再多停留。

余慧生气的并不是方鸿三番五次的晚饭缺席，余慧生气的是前十次，自己等来的都是凌晨才回来的方鸿。

满身酒气。余慧似乎总能闻到方鸿衣服上飘逸出的酒臭味。

刚开始的几次，余慧还会备好水和解酒药，她知道方鸿酒量不好，酒精对他而言无疑是痛苦降临前的预告，多少有些心疼。

在方鸿三番五次一身酒气回家之后，余慧对方鸿开始不闻不问，即便如此，她还是会窝在沙发上看着肥皂剧等到大概凌晨左右，听到钥匙插入锁眼里转动开门的声响后，余慧径直走回卧室，关灯上床。

余慧蒙眬间隐约听到洗手间里花洒流水的动静，不用问，方鸿一定又喝了个烂醉如泥。余慧心里很是恼火，关于方鸿之前那几次醉酒晚归的记忆像是接触到水的碳化钙一样，电光石火般在余慧脑中全部炸裂开。

人一旦进入情绪上的死胡同，只会越发严重，像是早已鼓起的气球，再往里面源源不断地注入空气的话，等到的只会是"嘭"一声的爆裂。

现在的余慧差不多是个快要爆裂的气球。

然而，她却无从发作，之前已经有几次因为这件事和方鸿发过脾气，可没有用，方鸿冥顽不化，依旧我行我素。

余慧开始后悔自己当初选择了方鸿。

现在，越想越委屈的余慧只能自己蜷缩在被子里面哭，又担心哭得太凶，明天顶着一双核桃眼去上班的话会被更年期的上司挑三挑四。

但眼泪就是止不住。

洗手间里的动静逐渐停了，她听到方鸿穿着拖鞋从里面走出来，站在卧室门口，然后极小心地掩好卧室的门，没有发出一点动静。

余慧仍然无法放弃这段感情，方鸿对自己的确很是体贴。

"但这次……"余慧心里掺杂了别的什么。

眼泪终于停了下来。

余慧在这半睡半梦半歇斯底里中昏沉地睡去。

早上起来，看见客厅沙发上卷起来的被子，余慧清楚方鸿又在这里委屈了一夜，为的是不打扰自己。

前十次也是这样，每次想到比自己高出两头的方鸿在沙发上过夜，余慧心里都会多少有点心疼。

但这次没有。

对于感情中的人而言，如果一旦生出后悔的念想，那一定是失望透顶。

昨天晚上的余慧真的失望透顶。

厨房里的饭桌是两个人一起挑的，简单的颜色。现在上面放着一个荷包蛋，一杯温热的牛奶，还有锅里已经熬好的粥，这些都在晨光的铺洒中静静地等待着余慧。

"前十次也是这样。"余慧觉得方鸿是在用这种温情且可怜的办法来收买自己的同情，好继续我行我素。

恶心，和昨天看见便条上"老婆"两个字后的感觉一样。

她看着锅里黏稠的粥，忽然觉得每一个米粒都像她和方鸿现在的状况，因为三年多的交往变得习惯了对方，就像米粒失去了原有的棱角，在日子的中火慢熬中再没了激情，再也感知不到乐趣。

这不是余慧心里想要的日子，余慧心里清楚。

余慧发呆的时候，手机不懂事地响个不停。

"我失恋了。"小艾的电话。

"我本来以为他是个老实巴交的男人，没想到，他手机里有三四个亲爱的！"

"你是怎么知道的？"余慧好奇事情的前因后果，那个男生她之前见过，看上去是个本分人。

"他这几天很晚才回来，每次都浑身酒气，我就开始怀疑。等我打开他微信的时候，看到他忘删的聊天记录。本来我以为找了个老实男，没想到，唉。还是你和你们家方鸿感情好啊！"

"我们俩，也……"话在嘴边徘徊却还是被余慧咽了回去，她始终是个不愿和别人多谈自己感情的人。

简单聊了几句便挂了小艾的电话，余慧喝着有点发凉的粥。

她心里开始发慌，毕竟她不希望自己落得和小艾一样的结局。

偷看方鸿手机的时候，她发现她和方鸿上一次的聊天是十多天前，因为心里生闷气，她也没有发过消息，而方鸿也没有说什么。

不正常。

余慧记得方鸿的微信号，密码也是方鸿在她的强权下改的。

输到后几位的时候，余慧心里开始七上八下地打退堂鼓，她怕方鸿看见后发脾气，也多少担心自己真看见什么，但在这些背后，余慧其实更想知道得清清楚楚。

余慧惊愕地发现，方鸿的微信聊天框只有她一个人，而对话的内容也还是十天前方鸿发给她的，她因为生闷气没有回复。

不正常。

他会不会是删掉了？

当一件事存在好坏两种可能性的时候，人们通常会选择后者。

余慧翻着方鸿的微信好友，以期和那些"亲爱的"来个不期而遇。可是，唯一被方鸿标注为"亲爱的"的只有余慧。

余慧像是吃了一颗定心丸，坐在椅子上舒了一口气。

可是定心丸也有时效，时间到了，余慧又开始胡思乱想。

他会不会是存在了QQ上？

余慧把方鸿所有的社交账号全部查了个遍，十分认真却一无所获。

不正常。

余慧现在也说不清自己心里是该高兴还是该难过。高兴于方鸿没有，又难过于方鸿没有。她坐在椅子上发了会儿呆。

余慧发现忙完这一圈的自己快要迟到了，抓起衣服便匆匆跑去上班了。

等到坐到办公室转椅上的时候，已经是十点多。

打开手机刷微博时，余慧无意间看到一段话："这世间有太多密码了，银行、信箱、手机、账户，甚至有的地方连厕所门都要密码。所以，亲爱的，我们之间，能不能开门见山？"

余慧心里也这样觉得，她觉得方鸿对她隐藏了太多秘密，特别是在今天早上搜获无果之后，她甚至有一刻觉得方鸿实在是老练极了，自己真不幸着了他的道。

对，当一件事存在好坏两种可能性的时候，人们通常会选择后者。

她把这段话截图发给了方鸿，并附送了一句："我想和你谈谈。"

没过多久，方鸿回了句"好，那晚上见"。

余慧看见回复后默默摁灭了手机。

她用两只手搓了搓脸，吸了一口气。

余慧回到家，打开门后看见屋里黑着，随手开了灯。墙上的钟刚过8点，想着还有几个小时方鸿才能回来，自己才能跟他认认真真谈一谈他们俩人的事。

余慧心里是有主意的。

她有点口渴，便去厨房找水杯喝水。

等她拿着水杯回到客厅的时候，才发现坐在沙发上看向自己的方鸿。

吃了不小的惊，嘴巴大到可以吞下鸡蛋。

"你，你什么时候回来的？"

"6 点左右。"他坦诚回答。

余慧看了一眼方鸿，这个她爱了四年多的男人，穿了一件灰色的衬衫，嘴角的胡子刚刮过，沙发凹陷下去的地方看得见他的腿型。转念一想，这些和自己再不会有什么关系，余慧自动收起目光。

"方鸿，我觉得我们两个需要谈谈。"余慧想要速战速决。

"好啊。"方鸿欣然允诺，把手机放在了面前的茶几上。

喝了一口水来缓和情绪，余慧不想在这种时候撕破脸，还是努力给对方留个好印象。"你，是不是喜欢上了别人？"

"你说什么？"方鸿的手指因为太过用力而发白。

"我说，你是不是喜欢上了别人？"看着面前的方鸿，余慧觉得很陌生，陌生到就连十多次沙发上卷起来的被子，她都觉得不是他睡过的证明。

"没有。"方鸿低声说，明显是在压着脾气。

"那你为什么好几次那么晚回家，还满身酒气？"

她看见方鸿把头埋得很低，像是急迫寻找沙堆的鸵鸟，似乎暗示着余慧，她所言不假。

"你记得今天是什么日子吗？"方鸿抬起头。

"什么日子？"她一直处在一个咄咄逼人的进攻状态下，没想到方鸿会转到别的话题上，何况还是一件无关的事。

"今天是我和你在一起四周年的纪念日，余慧。"方鸿一字一字地说道。

余慧瞬间想起来，早上她匆忙上班的时候，手机里响起的提示音，自己因为情绪不佳一直没去理会。

"这个送你。"方鸿从背后拿出来一个袋子。

余慧打开，发现是几个月前，她和方鸿一起逛商城时她心仪的包。因为太贵了，她只好看几眼就走。

没想到，方鸿会买来送给自己。

不对，他哪里来的钱？问题接踵而至，余慧难以招架。

"你哪里来的钱？"余慧看着方鸿，发现他眼里有血丝。

"我每天晚上下班后，去接一点私活，加上这个月的奖金。刚刚够。"

余慧忽然意识到其实都是她在自导自演，自以为方鸿出去花天酒地，连酒臭味都并不曾真实地感受到。

"那你为什么不告诉我？"这个问题刚出口，她便觉得自己真是蠢。还不是因为自己总嫌弃方鸿没有情趣，不懂浪漫，了然无味？

"纪念日快乐！"方鸿变戏法一样，从茶几下拿出花束。

余慧瞬间落泪，她明白自己早已习惯于他的一切。哪怕是再不懂浪漫，再无情趣，都因为是他而变得不重要了。

"那你保证以后对我开门见山，毫无隐瞒？"

"好。那惊喜？"

"与你相比，不重要了。"

所以，如果他早已把全部的心和炽烈的感情都开门见山地放在了你面前，请珍惜。

（作者 / levi 没有斯基）

突然好想你

1

2015 年春天，当空气开始变得燥热时，我辞去了广告公司的工作，收拾行囊，买好车票，从北京出发，返回了我的故乡。

我要去见许顷之，告诉他关于叶洁的消息。

我的家乡是座普普通通的小城，许顷之在老城区偏僻的一角开了一家小店，白天卖咖啡给需要清醒的人，晚上卖各种酒给买醉的人。当我提着沉重的行李再一次见到他时，他正坐在吧台后面，悠闲自在地擦着玻璃杯。

"你回来了。"他看见我，露出好看的笑容，和我记忆中的一模一样。

"顷之，你知道叶洁已经去香港了吗？"

那完美的笑容刹那间碎裂。

我是苏经年，我有两个最好的朋友，一个叫叶洁，另一个叫许顷之。

2

2007 年初秋，我 16 岁，刚刚升入高中，高一开学的第一次班会上，按照惯例，每个同学都要站在讲台上做自我介绍，然而当我看着台下密密麻麻五六十号陌生人时，大脑忽然一片空白。原本精心准备背诵过无数遍的自我介绍忘得一干二净，我只能勉强用粉笔在黑板上写下自己的名字，然后孤零零地、尴尬地站在那里，像个忘记台词的小丑。

幸好有叶洁。她的学号排在我后面，当我手足无措时，她走上台来，明晃晃的阳光照在她的脸上。她微笑着，漆黑的眸子清澈如水。她对我说："经年，你的名字真好听，我想跟你做朋友。"

就这样我们真的成了好朋友，在新学期的第一天。

下午放学后，叶洁牵着我的手，要我陪她去学校后山"探险"，结果险没探成，我们却在萋萋的荒草丛中发现了一个少年。

少年旁若无人地躺在那里，耳朵里塞着黑色的耳机，手里捧着一本旧得看不出封面的书，眉目清秀，皮肤白皙，仿佛降落人间的天使。

他看到我们，把手中的书扔到一旁，懒洋洋地说："你是叶洁，你是苏经年。"

叶洁惊讶："啊？"

少年从草地里爬起来，拍了拍身上的尘土说："我是许顷之，要不要一起去看电影？"

3

物以类聚人以群分是有道理的，我之所以能和叶洁、许顷之成为朋友，是因为没有其他人愿意做我们的朋友。

换而言之，在那所不大的高中里，我们三个都是被排挤的对象。

　　"经年，你知道吗？奶奶本来给我取名叫叶倾欢，取自那句美丽的古诗'名花倾国两相欢'。我很喜欢这个名字，爸爸却说这名字太妖气，不是正经女孩该有的，固执地把我的名字改成叶洁，然后没过多久，他被一辆超速的轿车撞出三米远。"

　　那是一个普通的课间，说完这些话，叶洁依旧向上翘着嘴角，若无其事地转着笔，又吃掉了从我的铅笔盒里翻出来的一颗糖果，看上去毫不伤心。

　　我仿佛看到自叶洁的身体里延伸出来的巨大而黑暗的空洞。

　　叶洁没有父亲，却有一个富有的母亲。她母亲是小城中罕见的女强人，叶洁经常找不到长辈参加她的家长会，却总能收到来自世界各地的昂贵礼物。高中的女生能有几分见识呢，她们羡慕叶洁的礼物，又暗地里将叶洁归为没人管的野孩子。

　　许顷之是个让人觉得奇怪的人，他从不跟班里的男生一起打篮球踢足球，总是躲在角落里神神道道地看一些对高中生来说显得晦涩难懂的书。

　　至于我，家庭普通，模样普通，本应该很容易融进新环境，却偏偏没法顺利地跟陌生人交流。母亲说我自闭，我宁可把自己埋进书堆里，也不跟身边那些叽叽喳喳的同学打交道。

　　那时候我喜欢一首歌，听了许多遍。

　　　　最怕空气突然安静
　　　　最怕朋友突然的关心

最怕回忆突然翻滚

绞痛着不平息

最怕突然听到你的消息

想念如果会有声音

不愿那是悲伤的哭泣

事到如今

终于让自己属于我自己

只剩眼泪还骗不过自己

……

情窦初开的年华里，我第一次懂得，想念的滋味，是有多么难熬。

后来我喜欢一个叫周绪的男生，一直喜欢了很多年。

他在隔壁班，留着平头，斯斯文文的，戴一副无框眼镜，永远稳坐年级第一名。我们在同一所初中，又升入同一所高中，可我始终鼓不起勇气跟他打一声招呼。

听说他学习之余的唯一爱好就是看侦探小说，我便开始尝试着自己写小说。就像大名鼎鼎的《名侦探柯南》《福尔摩斯》，我的故事里始终也只有一个主角——那个少年很少说话，但有着非常缜密的思维，无论多么复杂的案子，他在最后总能顺利解决，他的朋友们都叫他阿绪。

这些故事，我只给叶洁和许顷之看过。叶洁总是跟我讨论如何把阿绪写得更帅一点，许顷之则经常笑得高深莫测，然后偶尔给我指出一些推理逻辑上的漏洞。

高一下学期，一个很普通的傍晚，我们三人照例一起背着书包慢慢往校门口走，许顷之却突然转身，大步往回跑。

在暮色深深的空旷操场上，他拦下周绪，大声告诉他："嘿，哥们儿，我朋友很喜欢你！"

我看见周绪向我走过来，带着一点困惑与羞涩，笑容却依然温文尔雅。

他问我："请问你叫什么名字？"

我用力咬着嘴唇，生怕一不小心自己会紧张得晕过去。

最后还是叶洁替我回答道："她叫苏经年！怎么样，名字好听吧？"

他微笑着点点头，冲我郑重伸出右手说："你好，我是周绪。"

在那个绝美的黄昏里，那是我第一次握住周绪的手。

4

许顷之偷偷把我写的那些故事复印了一份，拿去给周绪看，周绪看完后对我说："经年，你该在故事里增加一个女主角。"

"她跟阿绪同龄，瘦瘦小小的，经常会害羞得脸红，不过可不能小看她呢，因为阿绪的很多关键思路，就是她提供的……"

他无比正经地向我提建议，眼眸里却有促狭的笑意，我意识到了什么，而后，他把手臂伸过来，轻轻揽住我的肩。

周绪用青草味道的洗发水，整个人亦如青草一般，清清爽爽，带了淡淡的味道。

几天后，在一堂多数人昏昏欲睡的政治课上，叶洁偷偷转过头，敲了敲我的铅笔盒。

"经年，我喜欢许顷之。"

我并不惊讶，因为我早就看出来了。

我还看出，许顷之也喜欢叶洁。

他们两人之间，其实有着某种微妙的共同特质，他们自己未必能发现，我作为一个局外人，能略略察觉到一点。

5

高二暑假前夕，叶洁兴高采烈地拿着一本旅游杂志跑过来跟我说："经年，多么巧，竟然有一个小镇就叫'良景'，等放假咱们一起去玩吧！"

此去经年，应是良辰好景虚设。

我笑着答应叶洁，却暗暗决定把这个机会留给她和顷之。

临行的前一晚，我给叶洁发短信说要陪周绪温习功课，没法同她一起旅行了，虽然被骂见色忘友，但我相信经过这次旅行，叶洁和顷之之间一定会有突飞猛进的发展。

谁知出人意料地，旅行并未使他们变得更加亲密，此后直到高中结束、大学结束，从 2007 年到 2015 年，八年过去了，他们始终没有在一起。

现在叶洁去了香港，我也马上要去上海同周绪会合，想到今后见面次数终究寥寥，我捧着许顷之亲手做的热咖啡，到底还是不甘心地开口："你跟叶洁去良景镇那次，究竟发生了什么？"

许顷之沉默了一会儿，然后他用轻柔的语调，带我回到了多年前那已泛了黄的记忆当中。

"经年这家伙，有异性没人性。"抵达良景镇后，叶洁郁闷地抱怨道，"好不容易有个机会一起出来玩，她还不珍惜。"

　许顷之耸耸肩说："算啦，我们去玩就好。"他把一根脏兮兮的香肠递给叶洁，"尝尝看，很好吃的。"

　叶洁疑惑地看着香肠，品尝之后，自认此前的判断果然得到了证实，便坦白道："好难吃。"

　许顷之一笑，并不与她在香肠的问题上再做纠缠，顺手将叶洁那没戴手套冻得发红的手塞进他的大衣口袋里。

　他们散漫地沿街而行，风景如画，这个叫作"良景"的小镇子，的确未辱没它那诗一般美丽的名字。

　这里仿佛是个时间静止的地方。

　没有早晚之分，没有四季之分，碎金似的暖阳笼罩着小镇的每一寸土地，一片片错落的建筑仍是旧时风格，青石砖铺就的小路在漫长的时光中被渐渐磨平棱角，多了一些温柔的气息。

　"顷之，你喜欢这里吗？"

　许顷之侧过头，他年轻的脸庞沉陷在柔和的光线中，仿佛T台上那些面无表情脸色苍白的男模，英俊到近乎虚假。

　他轻声说："当然。"

　"就像前世里的故乡一样。"

　叶洁的手插在许顷之的大衣口袋里，他就这样一点点地，与叶洁分享自己的温暖。

　他们来到一家戏院门口，发现院子里那些陈旧的长椅上已然坐满了人，多是已至暮年的老人和黄发垂髫的孩童，老人们半闭着眼，哼着咿咿呀呀的小曲，孩子们吵吵闹闹，互相追逐嬉戏。

　但他们都在等待。

眼前的场景，仿佛即将开始一场盛大却莫名的仪式。

过了一会儿，浓妆艳抹的演员交替着登上戏台，鸣锣开嗓，那些或清亮或婉转的唱腔在暮霭沉沉的天色下犹如一台带有魔力的老旧唱机，播放着有关前世的离合悲欢。

许顷之认真地听着，只听清了其中一段唱词，反反复复，温柔呢喃：

> 原来姹紫嫣红开遍
> 似这般都付与断井颓垣
> 良辰美景奈何天，赏心乐事谁家院
> 朝飞暮卷，云霞翠轩
> 雨丝风片，烟波画船
> 锦屏人忒看的这韶光贱
> ……

"那个时候，我听得入了迷，叶洁却有些不耐烦，叶洁说她不喜欢慢节奏的生活，家乡和这个良景镇偏偏都是如此。凝固的时间让她厌倦，她想要像她母亲那样，在全世界飞来飞去，每天的生活都新鲜又刺激。那一刻我就明白，我与叶洁之间，终究是不可能了，她是一只美丽的蝴蝶，一旦有机会就要往外飞，去看那壮阔的世界……而我，宁肯放弃整个花花世界，也不愿意离开家乡。"

我看着许顷之，25岁的我，终于明白了多年前自己的感觉。

那时候我认为他们俩之间有微妙的共同特质，却说不出所以然来。现在想来，他们都是极固执的人，在少年激烈心性的作用下，不肯有分毫妥协。

许顷之放下玻璃杯，转身打开咖啡厅里的音乐，一首熟悉的歌响了起来，那首歌我在多年前，与叶洁、许顷之一起，跟着哼唱过无数遍：

　　　　突然好想你
　　　　你会在哪里
　　　　过得快乐或委屈
　　　　突然好想你
　　　　突然锋利的回忆
　　　　突然模糊的眼睛
　　　　我们像一首最美丽的歌曲
　　　　变成两部悲伤的电影
　　　　……

许顷之英眼中散发出着迷茫："经年，我……好想念叶洁，纵使知道今生没有在一起的可能，然而想念这件事，是属于我自己的，叶洁……没有办法夺走它，任何人都不能。"

6

许顷之没有对我说实话。

原来并不仅仅是因为两人对未来的规划有冲突，才令这段懵懂的感情还未开始便已夭折，叶洁去香港之后不久，通过电子邮件的形式告诉我他们之间的事情。真相残酷而丑陋，已经变成叶洁心底的一个烂疮，如果不倾诉出来，她始终过不去那道坎。

"经年，你说你回去见过顷之了，我希望他一切都好，希望在岁月沉淀之后，他能够将我彻底忘记。因为我，根本配不上他。

"经过在良景镇的相处之后，本来我与顷之的关系已经很亲近，我们都知晓彼此的心意，只是还没有正式表白，我原以为自己会是个幸福的女孩，会与顷之相知相爱，共同长大，可是我没有想到，曾经我犯下的错事，终于变成了一颗定时炸弹，在那个冬天彻底引爆……"

那年立冬，叶洁与许顷之刚刚在电影院看完一部烂片，正一起抱怨着在大街上散步，一个突如其来的声音却让他们吓了一跳："叶洁。"

"怎么……"叶洁不经意地抬头，脸色一瞬间变得苍白。

毫无征兆地，叶洁居然拔腿就跑！

但来者像是早有准备一般，不过三两步，就轻易抓住叶洁细细的手腕，他说："叶洁，咱俩可是好久不见了，怎么连点叙旧的时间也不给我留？"

"你干什么！"许顷之很快意识到情势不对，立马走上前去试图保护叶洁。

对方是个20岁出头的男人，戴着大大的墨镜，梳着夸张的发型，他比许顷之高出半个头，因此用居高临下的视线瞅着眼前相貌英俊的男孩，问道："她的新男朋友？我只是'偶尔'来慰问一下为我流产的可怜前女友的。"他的嘴角是充满恶意的笑容。

喧嚣热闹的大街，在许顷之耳中突然安静了下来，死一般地寂静。

半晌之后，"你滚！"叶洁仿佛用尽了全力，才吐出这两个字。

"我不认为你有资格说这话，宝贝儿。"男人摘下墨镜，冷漠地盯着叶洁，接着从钱包里抽出一张有些破旧的验孕单，"几年前，你把这个给我，又坚持自己去医院解决问题，可是前不久我才发现，那所医院从来没有接待过一个叫'叶洁'的未成年少女。

"那么，宝贝儿，来解释一下吧，既然根本没有流过产，孩子去哪里了？"

事情已经非常明显，叶洁并未怀孕，假造了验孕单，又在不久之后彻底甩了这个男人，便只有一个目的——

"两万块。"男人把单子在叶洁眼前晃了晃，"两万块是我对一个为我牺牲的女孩的补偿，但不是对一个撒谎成性的女人的慷慨赠予。明天这个时候要是还不了钱，你的光辉事迹就会在你的学校里传个遍。"

他十分潇洒地离开了全身颤抖的叶洁，发动他停在路边的豪华摩托车，在那听上去格外刺耳的轰鸣声中，叶洁的膝盖蓦地一软。

但她并没有摔倒——许顷之扶住了她。

"那两万块，我没有办法……我必须……"叶洁目光散乱，仿佛再次看到了什么极为可怕的东西，"那个傍晚……"

"别害怕，叶洁。"许顷之安慰着她，然后在刹那间做出了决定，"你放心，这笔钱由我来解决，好吗？"

"经年，你知道吗，我永远忘不了那个傍晚。

"我爸爸在被车撞了，送到医院时已经深度昏迷，急需大量医药费进行抢救，然而司机逃逸，那个时候，妈妈还没有出去经商，我们是最普通不过的家庭，倾家荡产也无力承担那么高昂的费用。

"我鼓起勇气，对那个人说，我怀孕了……我不该骗他的，然而那段时间我急昏了头，更害怕如果我如实说明情况，他不肯出钱帮我。那个人，除了拥有一个有钱的老爸，实在是一无是处，我对他，也没有什么感情……

"可是两万块像扔进水里一样迅速消失，我爸爸还是在一周后去世了。我只记得葬礼上妈妈哭得死去活来，而我两眼空洞，一滴泪也落不下去。

"当那个人出现在我面前，向我追讨那两万块的债时，是许顷之救了我，他偷了家里的钱替我填窟窿，被爸妈发现后挨了好一顿教训，然后，他就握着我的手，让我做他的女朋友，可是，我不能答应他，尽管我是那样爱他。那时候我觉得自己很脏，已经给他带来了很多的麻烦，他应该拥有更好的姑娘。于是我找借口问妈妈要了钱还给他，又对他说了谎话，告诉他将来我一定要去外地，见识这世界的壮阔。他没说话，但是我能看出他有多么失望……

"经年，有的时候，一次错过，就是终生的遗憾。还记得那首我们都很爱听的歌吗？'最怕突然听到你的消息，最怕此生已经决心自己过，没有你，却又突然听到你的消息。'谢谢你，告诉我许顷之的近况，知道他的生活平淡安稳，我就很高兴了。

"经年，也祝你和周绪，白头到老，永远幸福。"

7

两年后，当我和周绪在上海结婚时，我的两个好朋友却都没能来。

许顷之一年前结婚了，我们办喜酒时，他的妻子正在产房里待产。

叶洁离开香港，去了英国，她从大洋彼岸给我寄来礼物，附上的卡片中这样写道："经年，我爱上了一个外国人，他叫Bernerd，他有着金色的头发和金色的睫毛，一笑起来仿佛拥有了全世界的阳光……"

有些思念，历经多年风雨，最终得以开花结果；而有些思念，在时光的磨砺下渐渐泛黄，暗淡，最终成为凝结在心口的那一颗朱砂痣，唯有午夜梦回的孤单时刻，方能稍稍地触动心弦。

我和周绪，高中恋爱三年，因为上大学和工作的原因，异地相恋六年，在上海共同生活两年后，我们终于决定用最平凡的方式把自己的一生交付给对方。

十一年的时间过去了，他仍旧在我身边，多么好。

16岁的周绪留着平头，斯斯文文的，戴一副无框眼镜，穿一身干干净净的洁白校服；27岁的周绪留着平头，戴一副低调的金丝眼镜，穿一身利落的西装。

16岁的我内向自卑，不敢同陌生人搭腔，如果没有许顷之，也许终其一生周绪也不会知道我的名字。

送完宾客，周绪递给我一个厚厚的笔记本。

他整理了多年前我写的那些稚嫩的侦探小说，对我说："你看最后一页，我帮你补上一个故事。"

阿绪探案的最后一章。

故事很短，犹如柯南终有一天将会变回工藤新一，少年阿绪长大成人，开始面对比虚拟案件更加复杂的成人世界里的种种烦恼。

青春终会散场，曾经的少年们也无可避免地一天天长大，然后老去。

宁静的深夜里，整座城市陷入沉沉的睡眠。周绪拥住我，低声笑问："你给叶洁、顷之寄喜糖了吗？"

（作者／代琮）

相爱容易，相守太难

阿梅和大树在一起十年了，用阿梅的话说："七年在爱，三年在放下爱。"所以，他们分手了。

听说他们结束恋情的时候，朋友们的叹息声是少不了的。毕竟，十年啊！青春那么短，能陪伴你整整十年的朋友有几个，更何况是恋人呢？对他们的分手，大家之所以会不觉得意外，是因为分手是阿梅提出的。十年来，阿梅等着大树，守着大树，帮着大树，惯着大树……那么坚定，那般执着，我们看在眼里，佩服在心里。如今阿梅必然是累到无力才放手，就连大树本人，都没有一丝的责怪。

阿梅是个特别活泼开朗的女孩儿，在大学校园里，这样的好性格再配上姣好的面容，简直就是女神一样的存在。大树呢，是个特别木讷的理工科男生，这辈子做过的最主动的事情大概就是对阿梅表白吧！而且用的还是笛卡尔 Cardioid 心形曲线，幸好阿梅成绩也很棒，才没让这场表白成为乌龙，还有了一个圆满的结局。

大四毕业那年，我就以为两人该分手了。本来他们说好一起找工作，可是秋招一结束大树又突然很坚定地要考研，那个时候，当年准备根本来不及，就只能等一年。这意味着，阿梅要独自工作，大树则回家备考，并且没有经济来源。

初入社会的第一年，对于毕业生而言无疑是最艰难的。阿梅独自在异乡漂泊，没有亲人，没有朋友，吃没营养的外卖，不知道什么叫人脉，在公司更是位卑人低，连说话都要谨小慎微，每天既紧张又压力重重。阿梅体会着大城市的快节奏生活，虽身处其中，却完全融不进去。在这种极度缺乏安全感的氛围中，再坚强的女孩都难免在午夜梦回时崩溃大哭。

这个时候，有个异地的男朋友真的不如没有。你想他，他不在，你更想他，无形中那种凄凉的感觉更甚，尤其是大树还要备考，阿梅更不敢讲太多烦心事让他分心，还得给他排忧解难。那个时候，有好几个优秀的男生都徘徊在阿梅身边，只要她点个头，就可以不用这么辛苦。可她偏不，她总觉得为了爱情什么都可以忍受，她的心里，除了大树已放不下别人。

幸好大树考上了，阿梅搬到大树的学校附近住，两个人租了一间主卧，异地恋的折磨总算是停止了。

然而接下来更大的考验出现了，学生与白领，完全不同的生活圈。他们的分歧开始越来越大，两人虽处在同一个屋檐下，然而大树在实验室一泡就是一整天，阿梅经常加夜班，一加一星期。有一天早上，大树正在洗漱，阿梅加班回来，面对满脸倦容的爱人，大树突然愣住了，没有拥抱，没有安慰，他竟然摆了摆手，轻轻地说了句："好久不见！"

那一天，阿梅没有倒头就睡，也没有号啕大哭，她就静静地坐在床上，手里抱着大树送她的"蓝胖子"，望着阳台上他们一起买来的绿萝，由于长期缺水，绿萝的叶子边缘已经开始泛黄，叶片也失去了往日的光泽。她问自己："这个男人爱你吗？""你还爱这个男人吗？""这段感情还能坚持多久？"

当晚，他们聊了很久，大树哭了，阿梅的心彻底软了，他们决定，一起把绿萝救活。他们坚持一周至少有四顿晚饭是要一起吃的，大树去买菜，阿梅做饭，加班的时候，大树就做好饭给阿梅送去。每个月一起看场电影，有时候时间冲突，他们连午夜场都看过。阿梅记得很清楚，那次实在太晚了，连出租车都叫不到，阿梅提议去旅店，大树说，几公里而已，我们走回去吧，顺便聊聊！

阿梅说，那次是他们三年来聊得最久的一次，那个时候他们已经在一起六年了。那个晚上，在路灯昏黄的光芒中，阿梅再次感受到了久违的甜蜜，她更加坚信，身边的这个男人值得她付出。

很快，大树毕业了，程序员从来不愁找工作，研究生学历就更具含金量了，转瞬间，两个人的经济地位就调换了。都说男人有钱就变坏，闺蜜见阿梅的苦日子终于熬出头，都好心劝她留意点。阿梅只是笑笑说："大树不会的，放心！"

当然，大树本来就不花心，阿梅的确不需要担心。她真正担心的是，这个男人的肩膀能不能扛起一个家庭的责任。女人就算再要强，也不希望自己可以取代男人顶梁柱的位置。

让阿梅失望的是，大树在安逸的生活中越发慵懒起来，他被眼前的蝇头小利彻底蒙住了双眼。阿梅带他去健身，他推脱道："昨天又写到凌晨，让我再睡会儿。"于是他的啤酒肚越来越大，整个人的形象都下降了好几格。阿梅给他读新闻，让他了解最新的科技资讯，他举起手抗议："别吵，让我专心玩会儿游戏，放松一下吧！上学时听你的都戒了那么多年了，让我过过瘾！"阿梅劝他跳槽，他甩过来一句："房租水电，给你买完包还有富余呢，钱够花就行啊！咱不能太贪，虽然还年轻，也不能累死我吧！"

阿梅怒了，问大树："你还记得你的梦想吗？"大树也怒了，问阿梅："你说，你对现在的生活有什么不满意，是不够吃了，还是穿得太差？""那你为我们的未来想过吗？"阿梅最后问道。

冷战了一个星期之后，自然还是和好了。毕竟七年的感情，且不说大树这些年口才长进了不少，就算阿梅去找亲朋评理，大家也是劝和不劝离呀，宁拆十座庙不拆一桩婚嘛。更何况，七年之痒给了大树更好的借口："老婆，我就是一时头脑发热，这么些年了，你还不了解我，那么多难关你都陪我闯了，这个七年之痒算什么呀，咱可不能丢这个人是不？"

回家之后，阿梅夜不能寐，她在黑暗中静静看着恋人熟睡的脸，内心暗自思忖：我还是爱他，可是我已经快28岁了，这个男人能陪我风雨同舟一辈子吗？我到底还能为我的爱情坚守多久？

一个恋爱中的28岁女人最想要的是什么？我觉得再独立的女性在这个时候都会想到家庭吧。男人28岁还可以去创业，女人呢，却只能紧紧抓住青春的尾巴，尽快为自己找个家。一个28岁的女人，在自信和独立之外，最需要的是安全感。

阿梅是个非常自觉的女人，从她现在每次逛商场的时候都会不自觉地往母婴区多看几眼，她就感知到了自己的需求与脆弱。这种对于安定的渴望她已经渐渐不能从眼前安逸的生活中得到满足了，她需要一个依靠，而大树并没有长大，他还在成长中。或许他今生没想过另娶旁人，但是对于现在的他来说，婚姻是束缚，不是幸福，他还不想困住自己。这与承诺和真诚无关，只是他还不成熟而已。

阿梅开始认真思考分手这件事了，毕竟她已经过了爱情是一切的年纪，可她还是不甘心，她觉得是自己不够努力，才要牺牲爱情来成全自己。她开始逼自己，再试一次。

可是大树一如既往地让她失望，他的玩心虽有所收敛，但仍是一副少年不知愁滋味的样子。阿梅开始厌烦大树那种安于现状的姿态，两个人的人生观开始出现分歧。大树觉得，婚是可以结的，但是孩子暂时不想要，他一边说负担太重，怕扛不住，另一边也没想着要上进争取多赚些钱。阿梅认为孩子是一个家庭稳定的基础，而且女人过了 30 岁再生产对自己和宝宝都不好。阿梅真的很努力，在同龄的女性里，她的能力和薪资都是出类拔萃的，但是，这也并不足以让她在大都市独自承担一个家庭的开支。

分手那天，两个人相约去吃烛光晚餐，大树说："让我最后再浪漫一次吧。"阿梅哭得梨花带雨，说："对不起，我真的努力了。"大树比阿梅平静一点，话主要是他在说。大树说："其实，我知道，我早就知道了，你记得吗？以前我们每次周年庆祝的时候，你都会先亲亲我，再抱抱我，可是从第七周年开始，你就不亲我了。嘿嘿，我太小气是不是，可那就是你呀，你不会装，我就爱你的真实！"

阿梅努力控制着自己哽咽的声音说："十年了，世界上再没别人比我们更懂对方了。我记得，那次下大雨，我就想你在感冒，不忍心让你来接我，可是雨太大，根本打不到车，我冻得发抖，你撑着伞跑过来，接我回去。一个病人照顾另一个病人一个星期，我那时候就特别恨自己，怎么会想要放下你呢？没有你我怎么办呀！我就是作！我恨不得扇自己耳光，可是没过多久，我就全忘了。"

"还是怪我，我知道你要走，也知道你想要一个家，一个宝宝，我也恨自己，理想都被啤酒冲进下水道了，死活找不回来，真的，你不要我，是我活该！这么好的女人，是我留不住。从上个星期你看我的眼神中，我就知道今天不远了，是我自己骗自己，我太任性，总以为你会一直像妈妈一样宠着我，其实是我该像爸爸一样照顾你才对。阿梅，真的，你没错，都是我活该……"

一年后，阿梅结婚了，大树在阿梅的女儿满月时也给我们寄来了他的结婚请柬。前段时间看到朴树为周迅站台，我就问小胖："阿梅和大树分手分得那么和平，怎么就老死不相往来了呢？"

"因为十年感情教会了他们一件事。"

"什么事？"

"相爱容易相守难！"

（作者／白亦星）

透明的鱼

1

回来的时候已经是夜间，我从挎包里掏出钥匙开门，手臂轻飘飘得像纱布，整个人虚脱得仿佛刚从一场意外中死里逃生。灯光从门内映照出来，漆黑的过道时而闪过一丝亮光和一些树枝零碎的影子。

男友坐在沙发上看今天的《晚间新闻》。我匆匆换了拖鞋从他身边走过，他仿佛没有看见我似的，两眼只盯着发光的电视屏幕，我也不愿意主动和他打招呼，径直向卧室走去。

"今日下午 5 时，在新湖路环岛发生一起车祸。一辆出租车和一辆小型卡车相撞，一位乘坐出租车的女子当场死亡，两位司机被送往医院抢救。据目击者称，这起车祸主要是由于肇事出租车在雨天超速行驶，致使车辆转弯时失控而与卡车相撞。在这里，本台提醒各位司机朋友，雨天路滑，请您小心驾驶……"

一只水杯突然被打翻在地，我在卧室门前停下脚步，转身看了看男友。他哑然地盯着电视，原本平淡的表情瞬间变色，客厅里能清楚地听到他异样的声音。我有点惊讶，这个即便在这钢铁社会重压折磨下也甚少低头的男人，此刻竟会为了一则大城市里司空见惯的新闻而变得沮丧。家具在这氛围里静默，像被抽空的积木。

"欣鱼！"他突然从沙发上站起来叫我，旋即摔上门，匆匆跑了出去。我没有喊住他，也不想知道他此刻出门要做什么，早上的气还没消，我转身进了自己的卧室。

我摊开发软的骨架趴到床上，感觉自己像透明的一样，突然坐起来，又重新躺下。牛仔裤还紧紧绷在大腿上，手臂像被压麻了。我记得早上起来时就和男友吵了一架。这是我们第一次激烈争吵。我把枕头扔向他，指尖在上面划出了一条细长的裂缝，纯白色的羽绒飞了出来，柳絮般纷纷扬扬。他没说话，站在我卧室门口呆愣着。那时，窗沿上还在滴水，楼下花园里有许多木棉花瓣还在昨晚留下的雨水里泡着，湿漉漉的表情很像当时的我。

之后我气冲冲地拿了挎包准备出门上班。他叫住我说："天气预报上说今天还会有雨，你带上这个吧！"他把伞递给我，我拒绝了。

我本不愿这般对待家明，他是个再好不过的男人。

我侧了侧身，一不小心弄翻了放在床边的一盘水果，有柠檬、橘子和芭乐，都是我喜欢的。果子零零散散地撒在地板上，果子的清香在房间里飘浮。

2

我和家明已经认识快五年了。大二时，同宿舍的一帮闺密介绍家明给我，说对方如何体贴斯文，英俊潇洒，有气质。我向来对这些话以及男生的表象不以为意，表面只是表现给人看的，真实的内在才是维持情感的必需品。这个时代的男人最会装，总是试图用甜言蜜语或是粗俗的钱财遮掩骨子里的无知与荒凉。我倒没有拂了她们的好意，只说："如果对方有时间，倒是可以见见。"

周末，家明都会约我去学校附近一家叫"蔚蓝水系"的奶茶店坐坐，每次我都会拉上一群朋友一起。他沉稳，言语不多，有一种自小养成的内敛。我常常装出一副不搭理他的样子，自顾自喝着茉香奶茶，和姐妹们聊着天。他倒也耐心地听我跟女伴们讲到口干舌燥，然后又替我再叫上一杯放到我面前。偶尔我也对他报以微笑。渐渐熟稔后，我发觉这个男人的身上有我欣赏的安静。后来姐妹们都识趣地消失在我跟他的约会里。我们时常在校园里漫步，也会一起去看电影，每次他都会拿一袋奶油味的爆米花放在我手里，又掏出一包纸巾给我，中间就没再多说话了。散场时，两个人都觉得有些尴尬。他送我到寝室楼下，就说几句告别的话。而我，连他的背影都没看上一眼。我相信，一些情感会在沉默安静中永恒。

闲暇之时我把这些事与姐妹们说说，不免遭到一阵哄笑。"欣鱼，那你到底对他有没有感觉，爱还是不爱？"我自然不说，只对她们莞尔一笑。爱是交给时间检验的问题，即使正在经历的人也没有资格给它一个确切的答案。

忽然之间，我发觉我爱家明的另一个重要原因，也在于他不把一切道破，留着双方体悟。不说破的爱远比时常流于嘴上功夫的爱来得切实，有意思。

窗外有细小的微风挟带着玉兰的香气吹进来，隐隐约约还能看到楼下便利店三三两两出入的顾客。我抬头瞄了一眼台历，发现明天竟是和他认识五周年的纪念日。

"家明，家明。"我慵懒地翻过身喊着。平日里他连我最细微的呼喊似乎都能听到，下一秒就会出现在我的卧室，手里还会带些湿毛巾、糕点，或者柠檬味的牛奶，像我贴心的仆人。而此刻我静卧在床上，许久也不见他进来，才突然想起来他出门去了还没回来。房间很安静，情况异常得让我感到有些不安与内疚。

"早上是不是做得过火了？"我轻轻问自己，"可是，这个傻男人他不是一向都了解我的脾气吗？傻瓜，不会因为这事不理我了吧？明天可是纪念日，难道五年的时光都要荒废啦？"无边无际的失落伴随着越来越浓重的黑暗接踵而来，窗外映进来的灯光越来越稀薄。我耷拉着脸，陷在忧虑之中。

3

何家明竟然会生气，会不搭理我。这自然出乎我的意料。

当初我觉得这个男人会照顾人，才决定这辈子要跟他过了。对于一个女人来说，英俊聪慧的男人往往靠不住，淳朴善良的才是值得托付的归宿。家明是够傻的，送给他的白色尼龙围巾他都不舍得戴，每次一大帮姐妹在奶茶店里蹭吃蹭喝，他都会出手阔绰地为她们买单。有时雨天他发短信叫我出来看电影，我一时忘了回复，他竟然也会在影院门口站上几个小时直到电影散场。

"家明，你这么傻，我是这么爱你。"我突然又回想起一些过去的事，我把枕头抱得越来越紧，眼眶氤氲着水汽。

我记得大四时，家明在"蔚蓝水系"里突然跟我说："欣鱼，我不打算考研了。"我当时正忙着喝奶茶，听他这么说，以为他在开玩笑，便回击他："你这笨蛋，你不考的话谁还能去考？"

　　他认真地看着我说："我是说真的，我要跟你一起在这座城市里找工作。"

　　"卖奶茶？"

　　"只要能把你捧在手心，做什么都可以。"

　　"可是家明，爱情不是天真的广告好吧？你是适合圈养在校园里的，不比我。"我笑了笑。

　　他表情呆滞了一下，然后看着我的眼睛，说："欣鱼，我怕距离会让我们疏远，所以……所以我想出来工作，这样我们才能在一起，才能……"

　　我拢了拢头发，问他："结婚？"

　　他十分坚定地点了点头。

　　我故作娇羞的模样，抬头看了看天空，接着又看着他说："那也行，不过……"说到这，我故意卡住。

　　家明的喉结动弹了一下。

　　"你要在我们认识五周年的时候向我求婚。"我狡黠地对他笑着，心想，五年的时间应该足够我们准备婚姻需要的一切了。五年，爱情就该修成正果了。

　　他握住我的手，一种温暖夹杂着甜蜜的感觉滑进心里。"欣鱼，那时我一定要找到一份高薪的工作，给你想要的一切。"

　　何家明你为什么会是一个这么单纯的傻瓜，爱情里的许诺只是一场游戏，你干吗要让自己如此认真地去实现？这样只会让你自己陷在深井里出不来的。我轻轻咬了一下下唇，眼泪不知不觉地掉下几滴。

这样一个暴雨刚刚洗刷过的夏夜，楼下的便利店前不断有车子驶过，车灯的黄光不时映到天花板上。屋子寂静得没有一丝声音，像一张失声的嘴巴，大张着却发不出声音。我睡着了，做一些破碎的梦。

客厅传来开门的声音，旋即那门又被缓慢地关上，像风中枯瘦的枝条发出咿呀的声响。我醒了过来，心想应该是家明回来了。

已至深夜，我下了床，穿过客厅，去厨房找些吃的，感觉自己像只饿慌的猫。厨房的灯亮着，柔和的光线照在家明买回来的食物上面。洗菜池里放着成袋的番茄、豆角、花椰菜，冰箱里有螺片、火腿、排骨。

家明并没有忘记我们的纪念日。我的心中升起一阵感动。看了看家明的房间，门半掩着，灯光亮着，他刚刚回来，还没睡。我便悄悄向他房间走去。

他正坐在书桌旁很凶地抽烟，身上有很浓的消毒水味道。旁边的烟灰缸堆得满满的。他不时抽搐着，断断续续地咳着。

4

我沉默地站在原地，没有靠近他，看着他，怀念起曾经相处的好时光。

那时我们在校园里不谙世事地生活，经常泡在"蔚蓝水系"里，到校门口吃不干不净的羊肉串和关东煮，在公园里散步，看池塘的荷花从花骨朵熬成了满塘红，那些青黄的蜻蜓偶尔飞过我们的手心，像时间留下轻浅的脚印。

他还不时带我去街边一家日式风格的大排档。老板是个中年男人，光头，大腹便便，站起来和家明打招呼，目光扫到我，又意味深长地对他笑。我有些慌张，故意坐在离家明有些远的位置，也没怎么和他说话。他要了两盒海苔寿司，两碗牛肉拉面，嘱咐老板其中一碗拉面不要放葱花。他似乎知道我日常的饮食习惯，但我觉得感情需要意外，总想做些他意想不到的事情。面端上来，他把那碗没放葱花的推到我面前。我特意叫住老板，烦请他拿些葱花过来。老板是个精明人，装糊涂地笑了一下，点点头，随即端上一小盘葱花，还外加了点香菜。我撒了一些在碗里，用小勺子搅了搅，气味飘出来，额头便开始晕热地冒出汗来，我微笑地看着他。家明诧异地盯着我，抬了抬眼镜。马路上汽车如流水地开过，泡桐花落下了一些。

我们第一次亲吻来得很突然。那天他像往常那样送我到寝室楼下，情侣们静静地站在夜色里快变成雕像了。我问家明："你为什么不亲我一个？"说完扭头向楼梯走去。他愣了一下，随即冲过来把我揽进了怀里。就是这次看似唐突的接吻让我更加确信，我们是从时空的罅隙里穿梭而来的影子，带着前世的夙缘与对方相遇。

大四毕业那天，我们一起看烟花，在校门口买了一大袋鸡柳、羊肉串，然后拉着手跑进"蔚蓝水系"。店里人影绰绰，DJ不再放平日舒缓的萨克斯曲，播放着动感舞曲，空气中混着奶茶和蛋糕的香气，人们鱼贯而入，仿佛一场盛大的狂欢。

世界就要迎接我们了，带着它的雨水，带着它的气流、味道，苦的，甜的，悲欢交集。我们深情的年少时光，就要说再见。

"家明，那样的时光再也回不去了吧？"我站在他身后，嘴唇翕动着，微小的声响只是加深了他的沉默。家明依旧用塌陷的背影对着我，沉默着。

毕业后，我在父母的帮助下进了一家物流公司上班，而家明最初找到过工作，但很快就辞了。我问过他原因，他只是抚摸我的头发，认真地说："欣鱼，要相信我，很快就会找到合适的了。"这时他笑着，从目光中透出的力量比年少时更为坚定。我摸着他瘦削的脸颊，心疼地点了点头。

过了一些时日，我便瞒着家人和家明住到了一起。我们租的是两室一厅的单元房。那时他刚掉进社会这口看不见的井中艰难地寻找着出口。我的男人，真的很像一条鱼在不断地挣扎，呼吸。夜间回来他就留在自己的卧室里，看电影，看书，玩游戏，试图以此来消除这一天积累下来的疲倦与不快，只有当我叫他的时候他才肯走出房间来和我说些话。我鼓励他，叫他继续努力加油。家明点点头，我感觉他被这个社会锻造得愈发麻木了。之后家明的情况并没多大改善，断断续续找到一些工作，又马上结束。走在大街上，他时常找不到自己的位置，看着和自己年龄相仿的人在路边有模有样，他从内心深处感到一种愧疚和不安。我真的不愿看到他这样。

"家明，我们可以把眼光放低一点。先不找那些高薪的职位，好吗？"

灯光柔和地打在客厅的沙发上，家明推了推眼镜，说："欣鱼，我说过的，我要让你过得幸福。"

我摸着他的脸，这些天这个男人真的有些衰老的迹象。我心疼地说："我知道，可我不想你这么辛苦。家明，听我的，好吗？"

他把头低了下去，似乎要埋进自己的风衣里，过了不久他慢慢地抬起头，看着我，目光还是坚定。

5

真挚而温暖的沟通确实能起到规劝与治愈的作用，人毕竟是情感动物。

很快家明便在一家私企谋到了一份初级主管的工作，待遇良好，薪水还过得去。那一天黄昏，我提前下班去超市买了一大袋蔬菜鱼肉回来，准备做一桌子菜为他庆祝。余晖从窗外射进来，照在玻璃器皿上闪出金色的光。我倒了两杯红酒，一杯给他，一杯给自己，又夹了些鱼虾放进他的盘里，笑着看他。他也笑着看我，眼睛里溢出很明亮的光芒，很久没见到他像当初在"蔚蓝水系"里遇见时的那种样子了，饱含着深情与爱。

带家明去见父母的那天，我内心十分忐忑。那次见面不亚于一场审查。父亲很少说话，主要是母亲发难。她先是微笑着寒暄了一阵，然后进入谈婚论嫁时必备的话题，无疑是金钱、住房、家庭成员、社会关系等等。爱情里该有的祝福与关怀倒是被撇得一干二净，似乎他们的女儿嫁给的并不是对方这个人，而是他背后那些透明却存在的条条框框。母亲的脸色不断变化，从起初的母性温和到后来的严肃，而家明此时的笑容背后满是紧张和无助。我试图让母亲停止这种对家明的煎熬，便在旁边干咳了几下。母亲见我的反应，渐渐收敛起来。父亲起身拿起桌上的报纸回卧室去了。母亲随后也站了起来，倒了一些茶水给家明，对我使了个眼色。我跟她进了厨房。

"小鱼，妈妈觉得这样的男人不适合你。"母亲一边看着我，一边从洗池边拿了盘水果过来。

我从中挑了个橘子，慢慢剥着，说："妈，甜和酸，我自己能够尝出来。"

"那你是决定啦？"母亲有些急了。

"等再过些时候，我就和他结婚。"我把手里剥下的果皮扔进垃圾桶里，顺便转过脸看了看家明。

母亲的脸板得很青，说："小鱼，从小你就这性子，迟早有一天会害了自己。"

我没有回应她，咬了一瓣橘子，向家明走去。

告别时，家明向母亲很郑重地承诺："伯母，我会叫欣鱼幸福的，在结婚前我们一定会有自己的房子……"男人依旧这么傻，而母亲阴沉的脸没有放晴。

母亲总是以所谓的母爱为借口，来关怀和我有关的所有事情，越来越让我失望，我真不知道这种关怀的背后究竟是什么。为什么女人们总是一代一代地继承那些透明的框架，像遵循一种天然的秩序？而我不愿意。棋子的命运是操纵在一只手中的，我不是谁的棋子，所以我的命运不在棋盘上，在自己的掌心。

那一晚回来，我们瘫坐在沙发上，试图放松绷紧的神经。我恍惚觉得自己已经理解了人生的些许意义，内心涨满了从卑微苍凉里生出来的爱。那种爱的生命力是强大的，能够让人承受困难，坚守自己想要的。我们抱在一起，像两个流浪的孩子，我们拼命把自己向对方的身体里挤去，像两张拼图在寻找自己镶嵌的位置。

"家明，为什么此刻看着你被重担折磨的背影，我的内心会不断颤抖呢？我们过去的爱，是散落了吗？为什么要对这个世界臣服？"我俯下头低声说着。爱情在这沉默里是这么无足轻重。

今晚的家明，对我来说有些陌生。他低头，泛青的面颊越来越看不到轮廓，身上的消毒水味道愈加浓烈起来，夹在手指间的香烟快烧到指头了，而他还一动不动地低着头。我靠着门，也一动不动。时间是什么呢？当一切都毁坏殆尽，我们还要计算什么时间。我真的不知道自己要和这个男人僵持多久。世界对他全是误解，他为什么还要费尽力气去解释，去实现那些遥远的理想？我站在他的背后，始终没有再向他走近，在昏暗里，我不想看到一个男人一副被人戳穿伪装后脆弱的表情。

我转过身，轻轻地向自己的卧室走去。

6

周六，阳光砸在 11 点的钟表刻度上时，我才睁开眼，棕黄色的窗帘色彩被调得明快了许多，浴室里洗衣机脱水桶急速运转的声音搅动了一会儿又停下。我从没想过自己有一天会醒得这么晚，就像自己没醒过一样。

我起身拉开了窗帘，明晃的光线猝不及防地进入卧室。我探头出去，家明正在隔壁的阳台上晒他昨天泡在桶里的衣服，神情落寞得像一只骆驼。那些甩落的水滴很轻地敲打在兰草和芦荟上。我刚想开口叫他，脑子里突然又塞满了昨天早上不欢而散的场景，那些从枕头里飘扬而出的羽绒封住了喉咙。我感觉身体一下子又变得昏昏沉沉，昨天真像场噩梦，我敲着脑壳，试图删除那些记忆，它们却亢奋地逼过来，凝固在树梢的阴影全洒了出来。

"欣鱼，我们年内就贷款买房吧？"我当时正从衣橱里取出上班要穿的制服，家明就在客厅里一边看早间新闻一边说。

我慢慢拿出套在衣服里的架子说："再等些时候吧。家明，你不必太在意我妈的话。"

"可是，我……"他从冰箱里拿出牛奶往杯子里倒着，"欣鱼，我想我们是不是该结婚了。明天是我们……"

"家明！"我打断了他，"我们还年轻，要准备的事情还有很多，不急的。"

"我答应过你妈妈的。"他放下手中的牛奶瓶，走到我的卧室，很认真地看着我。

"跟你说多少遍了，别再提她！"心里不知哪冒出的一团无名火，我顺手抽出床上的枕头向这个傻男人扔去。那么轻薄的物体顷刻间破了，绒毛纷纷扬扬。

他哑然地站了许久。我揉了揉额头，让自己静下来。他稍后缓了过来，一字一顿地对我说："欣鱼，你变了。"

"变的是你，何家明，你已经跟从前我在'蔚蓝水系'里认识的那个男人不一样了！"我气愤地说，"现在的你就像一个挣扎在房子、工作、婚姻旋涡里的奴隶，我真的不愿你是这个样子。"

"欣鱼，我只是想更好地爱你，知道吗？"他走过来，伸出手想抚摸我的脸颊，被我用力地甩开。

我沉默地看了他一眼，便冷冷地把制服放进袋里，拎着挎包出了卧室。他跟出来，从鞋架旁拿了把伞向我递来说："天气预报上说今天还会有雨，你带上这个吧。"

我没有理他，直接开门走出去，并且把门重重甩了过去。整个房子的心脏似乎在那一刻跳了出来。

"家明，其实变的不是你，而是我们。"家明晒完衣服从阳台离开，我突然感伤起来，这个男人，我让他平白无故地咽了不少苦。

出了卧室，我来到客厅，看到桌子上摆满了各种我爱吃的菜肴。家明坐在位子上用一只手捂着上衣口袋正等着我。不知不觉我们已经认识五周年了，真的好快呀，我坐在对面细细端详家明，发觉这个男人也渐渐成熟了。他今天穿着很正式的西服，打着领带，嘴边的胡楂刮得很干净。在他旁边摆着一束很艳的红玫瑰。

我看着他的脸，脑海中两天前的伤口逐渐愈合，我的眼中涌满了很深的歉意。

他此时并不看我，只是呆呆地望着我的座位，然后从身边抽出那一大束玫瑰花轻轻放在我面前的桌子上。我想叫他的时候，他又从紧按着的上衣口袋里拿出精致的红色小盒，是那个我曾期许过无数次的爱的认证。他慢慢地开启那个心形的小盒子，向我递来。这个男人哭了，泛红的眼眶里滚落下大滴的泪珠。我从未见他身上有过这样巨大的悲伤。"欣鱼，欣鱼！"他放下戒指盒的那一刻不断嘶喊着我的名字，但我发现我的目光总是越不过戒指以外的地方。

似乎所有的光线顷刻间全都聚集在那颗镶着小粒钻石的戒指上，那样明亮的光线，璀璨得仿佛一生只有一次。

我高兴地看着，神经却一瞬间紧绷起来，一束光牵引着我向最后的谜底靠近……

7

昨天傍晚下班时，天空下起了雨。我用挎包遮住头顶，跑到车站。公交车送走了一拨人，后面不知又从哪涌上一拨人，拥挤地塞满了车厢。车窗外，便利店的老板娘懒洋洋地靠在自家冰柜上看着大雨滂沱落下，一只拖鞋在台阶下面翻转了过来，她用肥硕的右脚搔着左腿的小腿肚，神情木讷。卖水果的小贩在货摊上加固着大伞，一摊脏水向他脚边漫延。远处煎饼店的香味四处飘散，招揽了不少在街道上空腹避雨的客人。那些撑开的小花伞单调地开着，颜色总是那么几种。这个时节的雨天阴冷潮湿，我很不喜欢。

包里的手机震动了一下，我打开，是家明发来的短信："欣鱼，下班后，我来接你吧，我们再去'蔚蓝水系'，去找回过去的我们。"

一辆出租车正好开过来，我顺手把它拦下来，湿漉漉地钻了进去。司机似乎心情也不太好，车子在雨中滑行得很快，像极了我烦躁的情绪。很快，车子从立交桥下穿过；很快，又开过了一个十字路口；很快，就要向前面的环岛驶去。我从包里掏出手机，在屏幕上打着："不用来接我了，我现在已经打出租车准备回去了。家明，我想我们还能找回自己，只要时间慢点改变我们。"

看着短信发出的图标消失的那一刻，耳边突然"轰"的一声巨响，嗡鸣声不断盘旋在脑中。那声音尖锐得似乎要撕开我的身体，仿佛一双无形的大手正用力撕烂世界，我不知道到底发生了什么。

我所能感觉到的是自己此刻成了一枚殷红的果实，泡在深不可测的雨水里。一束束灯光射向我，锋利如刀。从前的影像混杂着家明的脸不断闪现，重叠，又分开，那么强烈而晕眩的痛感，清晰，尖利，又渐渐模糊。我想大声嘶喊，却始终发不出一丝声响。

黑暗吞没了世界最后一道微亮的光线。

我落魄地回到住所，从挎包里取出钥匙开了门，此时我满身疲倦，感觉自己像一条透明的鱼正向家明游去……

（作者／潘云贵）

112

我的边城我的爱

1

在湖南西北边界，有一座小县，叫作桑植县。桑植县地处武陵山脉北麓，又有澧水发源于此。山连绵无尽头，水绕山流，曲曲折折。山中多葱茏古树，也有奇形怪石、山野小兽，水涧则清澈透亮，鱼虾戏于其中。住在这山水中的淳朴居民，或把木屋修在山间的丘陵上，或沿河修筑吊脚楼。

澧水从地底泉水发源，浩荡往东北方向而去，约一百公里后，就到了澧源镇，这里也是县城所在地。整个县城沿澧水而修，虽说叫县城，实际上只有孤零零的一条长街。长街上，布满了商店、酒楼、银行等，还有一家新华书店、一家转角报刊亭、一家"桑植电影院"。长街尽头的孤桥边坐落着桑植一中。

我常去的书店就在校园里。书店不大，只有二十来平方米，由两个二十五六岁的女孩开办。书店里除了卖书，还卖一些文具和小饰品。店里大部分书是和高考有关的试卷、资料等，剩余的则是我的"精神食粮"。我第一次阅读到纪伯伦、亨利·米勒、纳博科夫、大江健三郎等作家的作品就是在那里。

2

我叫南子。15岁的时候，我在桑植一中读高中。那时候，是2003年。

高一上学期将完的时候，天猛地就冷了，来书店一边享受空调的温暖一边看书的学生多了起来，我也常常待在其中。后来，一个女孩引起了我的注意。大多时候，她都蹲在墙角安静地看着书。偶尔，她会拿着笔，在纸上胡乱地写着些什么。

不多久，在教学楼的三层，我看到了她的身影。她从隔壁教室欢闹着跑了出来，后面跟着好几个男孩女孩。他们打打闹闹，又进了教室。那时候，我在1班，隔壁就是2班。这之后，我向同学打听到了她的姓名，她叫兰诗雨。后来有一次，我在教室外面的走廊上发呆时，又看到了她，她也碰巧看到了我。我们相视笑了笑。

此后，书店碰到，两个人会互相打招呼，在教学楼上遇见，也会彼此微笑致意。她个子小巧，活泼好动，和他们班的同学都玩得欢快，我常常能在走廊里看见她和同学笑着闹着的身影。有时候我故意看着她，她就害羞地扭过头，一溜小跑回教室。

到了高二，文理分科，我选了文科。当我走进文科班教室时，看到了兰诗雨，在心里偷偷欣喜了一下。她看到我，也回我以微笑。更加巧合的是，那天晚上，班主任分座，我和兰诗雨竟成了同桌。

就像许多学生时代的故事都从同桌开始一样，我和兰诗雨也因为同桌日渐亲密起来，我们经常开些玩笑，打打闹闹。不到一个月，两个人就亲如兄妹。

　　课业不忙的时候，我们常常一起结伴去书店里看书。那时，她16岁，我17岁。很多时候，我们只是静静地坐在一起，痴迷地看书，等看累了就给对方讲书里的故事，一直到上课铃声响起，两人才匆匆往教室奔去。

　　除了去书店，我们还常沿着澧水河岸散步，一直走很远。河两岸并没有什么迤逦的风光，我们就那样欢快地走着笑着，直到日头落下来，再返回到长街。我们偶尔也会去"桑植电影院"看电影。电影院有些破旧，里面大约能坐一百人，经常会放一些上映了许久的电影，没有新影片可以放映时，就会轮番播放老式的港片和经典的好莱坞电影。

　　看完电影，两人走在街上，一起模仿电影里的角色和对白。在这方面，兰诗雨展现出她极佳的表演天赋，无论何种角色，她总能模仿得惟妙惟肖，并且在各种角色间轻松转换，乐在其中。我们玩闹着走到转角报刊亭，我买一份《参考消息》，她买一本《读者》，然后搭乘1路公交车回到学校。

　　高二的暑假，我们一起在新华书店打零工。书店活少，我们有大把时间看书。等休息日，我们会骑车去西界山，爬上山看风景。整个西界山隔开了县城和外面的世界。我们坐在山顶上，看太阳一点一点地移动。

　　"南子呀，我好想快点去外面的世界看看。我还一直没离开过这个破落的小县城呢！"每次登上西界山顶，兰诗雨都会这样感叹。

　　"我也是啊！"我回答。我和兰诗雨都是湘西边陲大山里的孩子。读书，考到外面的大城市，似乎是我们那时候知道的唯一的光荣出路。

"你说，大城市会是什么样的呢？我们能不能在大城市里取得成功呢？"兰诗雨仰着头看天。

"你肯定可以，你这么欢快开朗，就跟大城市的人一样。"

"那你呢？"

"我呀，我倒是很喜欢这里。沈从文的《边城》你也喜欢吧？我觉得，桑植就是我的边城。"

"喜欢是喜欢呀。不过，我还是想到外面的大世界去闯闯！"

那时候，我们就这样一边看着山那边的风景，一边谈论着外面的世界。

那时，我们还年轻，我们和未来，仿佛就只隔了一座高山。

转眼到了高三，学业压力陡然增大。我和兰诗雨丢掉所有的小说，一心一意投入到了学习中。一起散步和看电影的次数越来越少，直至取消，我们也没有再去爬过西界山。

高三第一次月考后，我和兰诗雨经过考虑，决定无论如何，得有一个坚定的目标，于是，我们便相约一起考北大。

那时候，我的成绩处在年级前几名，考北大不再那么遥不可及，学校也有意在这方面对我进行培养。但兰诗雨的成绩一直起伏不定，特别是她的数学成绩差，我便常常给她辅导数学。

每天中午，我们都趴在桌上午休，并且互相监督只能午休十五分钟。我先睡，时间到了之后，诗雨叫醒我。每次我醒来，都能看到诗雨给我写的纸条，上面写着"南子，加油哇！""南子，你最棒！"这些鼓励的话。兰诗雨睡觉的时候，我也会给她在纸条上写各种鼓励的话。

每天我们都学习到很晚，上完晚自习，还要自习一段时间。有时候疲倦了，就去学校的体育场散步。散步累了，就并排坐在体育馆的看台上，望着宁静的夜空。

"有时候我觉得考北大真是一件遥远的事呀！"有一晚散步的时候诗雨对我说。

"其实也没有那么难。掌握诀窍了，学习也就变得简单了。"我说。

"我总觉得自己考不上，可是，只要一想到你在身边，又觉得一切都是可能的。"

"北大之约，未名湖畔，一定要坚持啊！"

"嗯嗯。"兰诗雨一个劲地点头。

"南子，等我们都考上北大之后，我就做你女朋友，好不好？"隔了好一会儿，兰诗雨一边看我，一边说。

"好哇好哇！"我回答。

"真的？你真的愿意我做你的女朋友吗？"

"当然愿意！要不我对着月亮发誓？"

"不用啦，我相信你。不过我们都得加油哦。"月光皎洁，照在诗雨的脸上，使她如仙子一般动人。我望着她的侧脸，心中荡起了层层涟漪。我不禁希望高中快些结束，大学快些到来。

高三第二学期兰诗雨的成绩提高了很多，但还没到能考上北大的程度。第一次月考，我考了年级第一，老师和父母跟我说了许多，我的压力反而大了起来，到第二次月考，我的成绩掉到了全校第五。我开始失眠，越来越焦虑。

6月，我们迎来了高考。考完语文，我就知道我的北大梦破碎了。我的语文作文没有写完，我没敢把这件事告诉兰诗雨。

3

高考结束的那个晚上，班里组织聚餐，去 KTV 唱歌时，已经是午夜了。我和兰诗雨唱了几首歌，觉得闷，就先逃了出来。

我们在县城里闲逛，沿着河散步。夏日夜晚的河边微风习习，梅家山上的灯光像梦幻般闪耀着。我们在街上手舞足蹈，大声唱起了歌："让我们红尘做伴，活得潇潇洒洒，策马奔腾，共享人世繁华……"就这样我们一路唱着来到了广场。广场以前是一片大草坪，后来铺成了水泥地面，因为举行过一次盛大的桑植民歌会，就成了民歌广场。广场的左沿是澧水，在暗夜里，能听到河水流动的声音。夏日的夜晚星辰密布，热气渐消，空气变得舒畅清爽。

"南子。"诗雨轻轻叫我。

"嗯。"

"我突然感到害怕。"

"怕夜晚吗？"

"不，我害怕你会离开我。"说完之后，诗雨把头埋在她的膝盖上。

"为什么想这么傻的问题？"

"没有什么是永恒的吧？"

"要相信我呀！"

"我相信你。可是还是害怕。如果……我是说如果，我没有考上北大，我们势必要分离的吧？"

"成绩都没出来，干吗太过担忧呢？"我这样安慰她，但又想到自己的语文，内心一阵酸楚和茫然。

"我又害怕又好奇。"

"好奇什么呢？"

"好奇命运会把我们变成什么样，又带向何处。"

"无论身边出现怎样的人，我们的亲密都一如往常，永不分离。"

"真的吗？真能那样吗？"

"嗯。"我使劲点点头。

"谢谢你。谢谢你给我这么美好的承诺。我觉得，不管发生了什么，我永远都不会忘记你。"

"我也是呀！"

我们在广场上坐了半个多小时，已经凌晨两点。我们无处可去，便去了附近的一家旅馆。房间是双人间，我们进去后，各自躺倒在自己的床上。

"对了，南子，我一直有个奇怪的想法，想不想听？"诗雨的声音猛地从黑暗中传来。

"当然想听。"我说。

"我以后想和你结婚。"

"真这样想？"

"一直这样想来着。可是后来又觉得应该先找一个自己敬仰与爱慕的男人去谈一场疯狂的恋爱，然后分手，再来和你结婚。这个想法，怪不怪？"

"有些怪。我暂时难以理解。那，北大之约呢？"

"所以啊，我心里矛盾极了，不敢去想。真考上了北大，那就是上天注定了。"

"没考上呢？"

"那就等着多年之后结婚吧。啊哈，幸福吧？"

"最幸福的了。"

"我把我们结婚之后的很多生活细节都仔细地想过了。"

"比如？"

"比如我们的儿子们就叫南兰一、南兰二……"

"不怕我结婚之后变心或者发生其他事情吗？"

"不怕，我相信你。"

"为什么呢？"

"就是相信你啊，原因我也说不上来。"

"你不怕被那个和你疯狂恋爱的男子吸引得不可自拔？"

"那也没事，我总会对其他人厌倦的。除了你。"

"所以想和我结婚？"

"嗯，就是这样。"

诗雨不久就睡着了。我躺在床上，回想着和诗雨在一起的无数温馨场景。

4

知道分数的那个晚上，我和几个同样高考失意的好友一起在县城一家破旧的小旅馆里喝酒。我高考只考到 617 分，语文只考了 96 分。北大梦当然就这样破碎了。那个夜晚，我第一次喝醉。

知道兰诗雨的成绩是在第二天，她竟然和我考了同样的分数，617 分！高考完后，兰诗雨跟一个亲戚在广东惠州打暑假工。她的成绩是班上另一位同学帮她查的。

我问到了她亲戚的电话（那时候我们都还没有买手机），

和诗雨通了电话，两人之间第一次出现了尴尬的沉默。我们不知道该如何安慰彼此，也不知道未来会怎样。我问了她一些打工的情况，就挂了电话。晚上，我继续回到小旅馆喝酒。

填报志愿的那天上午，我像要结束任务一样急匆匆地填了三个学校。也非刻意，但填完之后才发现，三所学校都是南方的大学。下午，我看到了兰诗雨，她正独自一人待在班主任的办公室。我想去和她打个招呼，但站了一会儿，又作罢。我一个人在体育馆的看台上发了许久的呆，然后离开了学校。

之后的整个暑假，我都陷入一种懊恼之中。我想起在整个填报志愿的过程中，我对待诗雨就像对待班上同窗三年却没说过几句话的同学那样，对她的未来置之不问。我没有走上前去，对她说"我们报同一所学校吧"，连这方面的暗示都没有过。为什么不走上前去，告诉她，尽管没有考上北大，但依旧可以待在同一个城市同一所学校？或者是轻问一句，"你报的哪些学校"也好，然后再回去修改自己的志愿，和她报完全一样的学校就可以了呀。我却什么都没有说什么也没有做，甚至连内心里那样的想法都不够明确。明明两个人亲密至极，彼此需要，却都不声不响地去了不同的城市。

后来她告诉我，她那时候一心渴望去北京。她报了三所北京的大学，最终，她去了北京邮电大学，我则留在湖南，进入了中南大学。

5

大学开学后不久，我收到兰诗雨写给我的信，我们就这样开始了书信来往的日子。我的信总是写得很长，而她的信则短得多，有时只是一些断裂的思绪。

大一的下学期，我和兰诗雨相约周二、周六打电话。那时，我们无所不聊，总觉得时间不够。终于有一天，我们聊起了高中时的那些往事。

"南子，我心里曾经有过你。"有一次她在电话里这样说。

我在电话这头长久沉默。那时年少，我心里又何尝不是有过你呢？

大一暑假，我从长沙坐火车去北京看望诗雨。火车行驶到武汉长江大桥的时候，太阳刚从地平线上升起，微红的光渐渐泛红了天际，太阳在长江水面上投下倒影，武汉三镇一派肃穆，早晨的城镇美丽而寂静。

看着窗外，我很自然地回想起我和诗雨之间的往事，记忆随着太阳的升起在我的脑海里慢慢复苏。那一刻，我觉得我在爱着诗雨。

诗雨来到北京西站接我。我们微笑，给对方大大的拥抱。在去她学校的路上，我知道了她每天上午去做家教，下午去国家图书馆看书。假期被她安排得充实而井井有条。

晚饭后，诗雨带着我沿着西土城路散步。这是我第一次来北京，诗雨像是一个在此世代居住的主人一样接待我，她给我介绍北京的风土人情，说有关北京的历史故事。

"这里，就是你曾向往的大城市啊！"我不禁感叹道。

"是啊！"

"你终于从那个小边城逃了出来。"我说。

"可是，你知道吗，城市这么大，人却越来越孤单了。特别是我刚进大学时，身边没有你，一下子就手足无措起来。"

她说完，哀怨地撑着自己的头。

"对不起，不能陪在你身边。"

"当然不能怪你呀。我自己也明白，你不可能永远陪在我的身边。无论我们怎样亲密，这都是不可能的呀。所以，我就想着我必须做一个独立的女孩。"

"怨过我吧？"

"不，不怨你。我想我们要温柔地相待，像亲人一样。"

"像亲人一样？"

"嗯嗯。"

那晚，我们聊到很晚，我把诗雨送回宿舍后，回到了诗雨为我订好的酒店。我夜里醒来了三次。我想弄明白这一切是怎么回事。凌晨升起的太阳，我和诗雨的拥抱，诗雨说我们要像亲人一样，这一切，都像是一个在夏天里绽开的虚假的梦。

第二天，我们去了北京大学。走到未名湖畔时，我们找了一块石头坐了下来。这是我们当初约定的北大梦的地点，这是想象中诗意而神圣的未名湖。可是，我们与它失之交臂。我看着那不大的湖泊，那有些脏的湖水，我爱不起来。我的思绪飘回了那座小边城，飘回了清澈的澧水岸边。

诗雨凝神静思，望着湖水发呆。风吹过湖面，泛起点点涟漪。

"我们，终究还是失败了。"我终于把这句话说了出来。

"都过去了，南子，都过去了。"

"是啊，过去了。过去了就无能为力了。可是，本来一切都不是这个样子的。我们……"

"南子，你看，那边是博雅塔。快看呀！"还没等我说完，诗雨嗖地站了起来，指着不远处的塔。

我顺着她手指的方向望过去，看见了博雅塔，心里想要说的话，慢慢又沉入更深的心底。

那个夜晚，我和诗雨在她学校校道旁的藤椅上，背靠着背坐着。北方的夏日深夜，还是有丝丝凉意。我和诗雨都只穿了短袖，晨雾令手臂上的汗毛微微竖了起来，像是散落在树林里细细软软的松针。

"冷吧？"我明知故问。

"还好。"她答完后，顿了下，又紧接着说，"有一点点。"

我把背更紧地靠着她的背。背与背之间有着微弱的温暖，轻轻地传递至全身。

"要送你回宿舍吗？"我问。

"不想回去。想就这样待着，好吗？"

"我也想就这样待着。要转过身来抱着你？"

"也不要。抱着我，会感觉是你在温暖我，而这样背靠着背，是互相温暖。大学这一年，我就学会了一件事，就是独立。所以一个人去图书馆，去上课，跑去大草原，去做家教。不会再想没了南子可该怎么办，不会再想自己在这样的大城市孤孤单单该怎么办。"

"我……"

"这和你无关。我总得学会这些，才能成长。"

听到诗雨的这句话，我顿时感伤起来。

我开始明白，尽管我们一如往常地亲密，但都变成了两棵独立耐寒的树。根在地下紧紧相连，枝干树叶等都各自生长。

高中时，我们还是小树苗，彼此依偎，一同吸收阳光和雨露，到了大学，我们已经长成大树，各经风雨。

"你早上就要离开了啊？"诗雨感叹道。

"嗯，9点钟的火车。"

"好舍不得你。"

"我也是。"

"不过，虽然舍不得你，有一个决定还是想现在告诉你。"

"什么决定？"我问。

我来北京看诗雨，希望获得的当然也是一个决定。现在，决定终于要来了。

"我们各自恋爱吧。"诗雨缓缓地说。

"各自恋爱？"我的心一下沉了下去。

"嗯。就是我们现在不做情侣。相反地，我们要鼓励对方，勇敢去追求别人。你去追求你喜欢的女孩，我呢，则答应我喜欢的追求我的男孩。我们要各自拥有独立的爱情，但要告诉对方，连细节也要说。这样，我们之间就能一直维持着现在的这种亲密关系。"

"真这样想？不容改变？"我压低嗓音问她。

"你来之前，我就想好了要这么做。我们不能总活在过去，你说呢？所以，我下定决心，无论你来之后我们发生了什么，这个决定仍旧不会改变。"

我长久地沉默着。早上9点我即将离开，又是漫长的路途。而各自恋爱，又到底是怎么回事呢？

"你还好吗？"隔了好久，诗雨问我。

"我……"

"坚强起来啊。"

我点点头。

"诗雨,我也有一个想法,无论如何想和你说。"我说。

"听着呢。"

"以前你跟我说过要嫁给我的话,我一直深藏心底。说实话,我也很想娶你,可是我们现在都还太小。如果,如果我30岁的时候,我还未娶,你还未嫁,我们就结婚吧。"

说完后,空气中的沉默简直令人无法忍受。诗雨转过身来,睁大了眼睛看着我。

"是不是有点像电影里的场景呢?"她问。

"这是我的真实想法。"

"为什么是30岁?"

"30岁的时候,我们就认识了十五年,刚好是已过去生命的一半时间。如果在这一半的生命中,我们都没和别人结婚,那么我们就该相信我们结婚是上天注定的。"

"你真的考虑好了?"

"无比确定。像你的决定一样,丝毫不能改变。"

她再次沉默,像是寻找合适的词语。隔了约一分钟,才回答我。

"好,我答应你。"

6

大二那年的圣诞节,我收到了兰诗雨寄来的一封信。信的内容是这样的:

南子，你好哇。

有多久没有给你写信了呢？实在是想不起来了。自从你上次离开北京后，我们之间发生了许许多多微妙的变化。我时常为这些变化担忧，可是能怎么办呢？人总得向前嘛！

其实不写信的另一个原因则是摆脱青春期那种湿答答的伤感之后，对于日子的流逝，也就没有那么在意了。写信原来是为了留住逝去的日子，或者，确切地说，是为了留住时光里的那种感觉。以前填写表格的时候，我总是在爱好一栏写上"写信"。你可以想象一下，看见我所填表格的那些人会面露怎样的惊讶之色。他们心里或许在想，这女孩的神经肯定有些问题。而我明白，他们的惊讶，只是他们不懂写信的快乐而已。写信与年代无关，只是心境。

你知道吗？我每次收到你的信，都会先闻一闻，好像你的气息还停留在信纸上。我一边看信，一边想象着你写信时的样子，好像你就会出现在眼前。那时候，多想轻声叫一下你呀！你的名字从我的嘴里蹦出来，我就充满了喜悦。就在这一刻，仿佛又回到从前，一切都好像从未变过。以前我问过你，有什么东西是永恒的，现在我慢慢感知到，过去是永恒的。它在那里，就会一直在那里。

隔了这么久，我还是忍不住想给你写信。不知道为什么，你总有一股让别人向你袒露心怀的本领，而且是没有一丝丝顾忌和害怕的那种。就像久久地躺在浴盆里泡了一个舒服的澡，然后心里宁静下来，就能再次投身到生活的洪流之中。你说这是为什么呢？对于这一点，恐怕你自己都不知道。或许是你的天赋如此吧！

在北京待久了，就会越来越感觉到自己的渺小。学校、街道、地铁里到处都是人，走在其中的时候，我常觉得自己就像洪流中的一只蚂蚁。记得当时我们在西界山上，展望着外面的世界，如今，这世界就在我的脚下，我却没有了那么大的兴趣。我们终是那座小小县城里的人，终是出身卑微的人。这样想，是不是有些气馁呢？于是，偶尔的一些瞬间，像是给自己打气一般地想，北京这么大，怎么会没有我的容身之所呢？我总会找到一个让我大放异彩的舞台的。是的，一定会！

这些日子，北京总是下雪。雪下得很厚很厚，让人看不清城市的面貌。我准备给你写完这封信，就去外面看那边锁着的足球场上没被踩过的雪。我想一边看雪一边唱歌，你说浪不浪漫呢？北京的雪让我想到了桑植的雪，也想到了你。此时的南国之冬，是怎样的景致呢？南子，你活在一个怎样的冬天里呢？

圣诞快乐。我生命中的宝贝。

诗　雨

2007 年 12 月 25 日

7

大三的时候，兰诗雨恋爱了。她男朋友是她同学院的学长。诗雨在信里说他足足比她高了一个头，是一个瘦削、沉默的人。

不多久，我也交了女朋友。我女朋友是我在学校骑行俱乐部认识的。她和诗雨身高相近，比诗雨微胖些。或许正是因为身材原因，她才选择了骑行。

我和兰诗雨的电话越来越少，信却逐渐写得多了起来。诗雨在信里说，或许是因为有些心里话，不能也不愿给男朋友说，这样写下来，寄给一个故人，反而喜悦。对此，我也欣然接受。

南方下大雪的时候，诗雨带着她的男朋友来了长沙。我们四人见了面，一起坐在麓山南路的一家咖啡馆里。关于我和诗雨的故事，她男朋友和我女朋友都不知道，他们都只把这当成是同学之间的聚会，只有我和诗雨知道这次聚会有多尴尬。两人看着对方和伴侣的亲密，有所怨，但又不能表现出来。偶有眼神交流，又立马逃离开。有些很私密的话，一句也不能说出来。于是，那次聚会匆匆而散。

我和女朋友不久就分手了，兰诗雨和她男朋友也没有逃脱分手的命运。她男朋友出国留学，两人异国恋，拖了一阵子，终究还是散了。之后，她有了新的男朋友。我伤心了一段时间，之后就开始写小说。

刚分手那阵子，我们两个，一个在南，一个在北，想要安慰彼此，却不知在电话里该说些什么。所有的过程，所有的结果，都是我们一路走来自己选择的，我们唯有默默承受。

大四的时候，兰诗雨决定考研。她打来电话，说要报考北大研究生，她准备考北大的新闻与传播学院。我一个劲地鼓励她，然而她的考研成绩不甚理想，最终她还是没能考进北大。她一个人跑去了西藏，回来之后，整个人瘦了一圈。

毕业后，兰诗雨进了北京的一家小翻译所工作。她一边工作，一边继续复习准备考研。她告诉我说，她非得考上北大不可。她下定决心要把那个高中曾经破碎的梦实现。也许命中注定她和北大无缘，那一年，她在面试环节被刷了下来，又不愿意接受调剂分配，于是，一切又成了空。

她告诉我这个结果后，消失了很长一段时间。我给她写信，她一直没有回复我。我给她打电话，已经打不通。社交网络上我也一直联系不到她。这时我才换位思考，想到这两三年她所经历的事会对她造成的影响和伤害。

我急切地跟我们的高中同学打听，跟所有其他知道她联系方式的人打听，但是谁也不知道她的消息。

我不安地在长沙待了一段时间后，辞了工作，决定去北京找诗雨。经过武汉的时候，窗外一片暗沉。我躺在睡铺上，两手紧紧相握，我就这样一路时睡时醒地到了北京。一下火车，我立马搭乘出租车，去了她工作的翻译所，又去了她的学校，可是无论去哪里，我都没有找到她。

我留在北京，找了工作，租了房，一直等待着诗雨的出现。

8

再次接到诗雨打来的电话，已经是 2011 年的国庆假期。

"对不起，让你担心了。"电话一接通，她就开始道歉。

我在电话这头一听到她的声音就忍不住哭了起来。她默默听着任我哭完。

"为什么，为什么要这样一声不响地消失？"

"当时沮丧极了，只想躲起来，不想让任何人找到我。"

"连我也不让找到？"

"我也不想那样的。"

"那到底是怎么回事啊？"

她说，她那段时间失恋，两次认真准备很久的考研没有考上，最疼爱她的奶奶又因病去世，她整个人一下子就垮了。她回家参加了奶奶的葬礼。那段时间，她整天整天地哭，各种噩梦不断。有时候梦见奶奶还活着，醒来后，才真切地感知到奶奶确实已经去了另外一个世界，于是她又躲在被窝里哭。父母看到她这种情况，就劝她先别回北京，要她待在家里，她就留在了小县城。她几个月避世而居，等心情缓过来一些后，她去了桑植一中，找到校长，通过了考核，成为桑植一中的一名英语老师。

"我要结婚了。"说完那段时间里发生的事情后，她突然说了这么一句。

"啊？"

"对象也是桑植一中的一位老师。人挺好的，见了父母，也都满意。"

"为什么？为什么会这样？"

"南子，我累了。我想好好休息下，对不起。"

"你一消失就那么久，什么也不告诉我，也不和我商量！"

"一路过来，你帮助我的已经够多了，我不能再欠你的了。"

"傻瓜，哪有什么欠不欠！我不管做什么，都是心甘情愿的呀！"

"我知道你的好，所以……"

"我恨你！"

我愤怒地挂了电话。

最终，我还是决定回去参加兰诗雨的婚礼。

我回到了桑植。澧水北侧又多了一条新街，新街处处盖起了小楼。转角报刊亭不见了，桑植电影院也不见了。公交车增加到五条线，出租车也多了起来。桑植一中新修了"逸夫"图书馆，那家装满回忆的小书店也已经消失了。

我一个人在学校的体育场走，一个人沿着澧水走，一个人在大街上走。城市变了，街道变了，学校变了，可是过去它还在那里，从未变过。我走着的时候，仿佛兰诗雨又那么欢快地蹦着跳着，和我说着话，散着步。她还是这个小边城里，我所记得的那个十六七岁的兰诗雨。

我终于做好了见兰诗雨的准备。我打电话给她，约在桑植一中的大门口见面。远远地，我看见她走来。她瘦了，眼角眉梢都有疲倦。

"南子，你回来了。"

"嗯，我回来了。"

"你，还恨我吗？"

"我不恨，我要你好好的。"

"谢谢你，这么多年，都谢谢你！"

诗雨把所有的信都还给了我。

"这些年，我一直珍藏着它们。那些高中时写的纸条也在里面。现在，是时候让它物归原主了。"她说。她的声音细细的。

我接过一大包沉甸甸的信，看着她。

我们一起在学校里散步。

"真决定以后就留在这里了吗？"我问。

"是啊。"她叹了一口气，"南子，你说命运这回事谁能想到呢？那时我一心想去大城市闯荡，如今却回到了这小边城。你那时候说你喜欢这里，如今却在大城市生活。"

"你还这么年轻，还可以出去的。"

"不，应该不会了。或许你那时候说得对，这边城也是好的。我回来了，就属于它了。"

"只是没有想到，你终究还是在 30 岁之前嫁了人。"我终于说出了这句憋了很久的话。

"遇到了就嫁了。南子你不用担心我，我现在考虑问题可比读书的时候周全多了。一生的事情，我不会糊涂的。"

"可是……"

"南子，你还记得吗，我说过的，我们要像亲人一样。"

"可我也还记得你说过的要嫁给我的话。"

"南子，其实从高考之后填报志愿的那一刻起，我们的人生就已经……怎么说呀，就已经走向了不同的轨迹。你在走，我在走，可是我们走的路不同，我们的命不一样哇！"

"如果当时报了一样的学校，一切会不会不一样？"

"人生又哪有如果呢？"

我们就这样聊着，走着。过去、现在、未来仿佛也在学校里来回穿梭。我们走得久了，走得累了，走出了结局。我们在学校门口分手。

"你要幸福！"我哽咽着。

"你也是呀！"诗雨回答。

兰诗雨的婚礼，我当天匆匆去了一趟就离开了。之后，我一个人躲在澧水边的旅馆里，喝了一夜酒。第二天，我搭乘大巴车离开。当大巴车驶过孤零零的长街，驶过桑植一中，驶过西界山时，我任由眼泪流了出来。我的边城，我的爱，也随着我的眼泪，一起流走了。

（作者／康若雪）

新津爱情

男人

男人和女人是青梅竹马，结婚那天，全村的男女老少都来了。老人们说是看着他们长大的，这喜酒一定得喝；年轻人说恭喜他们喜结连理，要视他们的爱情为榜样。

男人家是木匠世家，一块木头进了男人眼，立马就可以在他脑海中捣鼓成一个全新的模样，再花上几小时的工夫，木头就成了个精彩的木雕：或者是只鸟，或者是个盘花。

女人是传统的新津女子，喜欢刺绣、裁缝，婚后专门从家里搬来了缝纫机，阳光灿烂的春日，女人就在梨花树下裁缝衣服。

闲暇的时候，男人会爬到院坝边的梨树上唱歌：

> 新津年年梨花放
>
> 染白我家小草房
>
> 妹在梨花树下纺
>
> 哥上梨树闻花香
>
> ……

男人一边唱，一边深情地望着女人。

女人头也不抬，只顾着缝衣，脸却绯红，衬在洁白的梨花下，像极了天际边的云彩。

幸福的日子流水般，一晃就过去了。

那天早上起床，女人发现右腿上出了几个红疙瘩。一开始她并没在意，慢慢地红疙瘩开始隐隐发痒，女人就抓，越抓越痒，越痒越抓……女人抓着抓着冒火了，就更使劲地抓。那疙瘩也跟调皮的孩子似的，好像专门跟女人作对，女人越抓疙瘩越多。第二天疙瘩越来越多，左腿也开始长疙瘩。女人心想是过敏，就去药店买了支药来擦。擦了一点效果没有不说，腿上的疙瘩还慢慢起泡，开始溃烂。

女人急了，就把这个事告诉给男人听。男人一看，心疼地背上女人就往县医院跑，又转送到成都华西医院……医生严肃地对男人说，女人得的是一种怪病，严重的突发性皮肤过敏症，由于开始没有引起足够的重视，现在双腿已经完全溃烂，就算保住了，也会丧失运动机能。

男人的眼泪洪水般洒落在地板上，吧嗒直响。

男人擦干眼泪，告诉女人，这只是普通过敏，过段时间就好了。

女人相信男人，因为他从来没骗过她。

女人在医院住了一段时间，溃烂部分开始慢慢结疤，男人就把女人背回家去休养。

男人现在更忙碌了，他现在需要挣更多的钱来养家。

男人找来很多的木头，晚上把一块块木头雕成木雕，第二天拿到成都去卖，有时候雕得多了，当天卖不完他就在市区随便找个门口睡下，第二天继续卖。即便第二天仍没卖完，男人也绝不会让自己在成都待上两夜。他知道，离家久了女人会着急，会担心，他说过男人是不应该让女人为自己操心的。

男人刚30岁出头，30岁的男人脸上再挂点磨难带来的沧桑很迷人。

男人在卖木雕的时候，会顺便带上几个小木块儿，边卖边雕。

男人的技术吸引来了不少围观的人，大家都惊叹于男人的手艺，有人看着看着就会买一个木雕拿回家慢慢欣赏，也有人看了之后笑笑就走了，匆匆来，匆匆去。

围观的人都盯着男人的手，偶尔瞟一眼男人专注的眼神，除了一个名叫苏晓敏的女人。苏晓敏只盯着男人的脸，偶尔瞟一眼男人精致的巧手。

男人并没因为苏晓敏的注意而将目光转向她，他依旧专注于自己手里的木头和雕刀。

苏晓敏干脆坐在了男人旁边，安静地盯着男人，不语，也不恼。

男人雕累了，放下木块和刀片，休息。

苏晓敏就和他一句两句地搭讪。

苏晓敏说："你有张耐看的脸。"

男人笑笑，微不露齿。

苏晓敏又说："你雕的木头也很耐看。"

男人笑笑，说："谢谢啊！"

苏晓敏又说："沉默的男人真耐看。"

男人笑笑，说："你也很耐看。"说完就低头，有些羞涩。

苏晓敏听到男人说这话，很是兴奋，但是她竭力压制住兴奋，问男人些琐碎的问题。

苏晓敏不停地问，男人偶尔回答上几句。但是这已经足以让苏晓敏对男人有个大概的了解了。

吃饭的时间到了。苏晓敏就对男人说："和你聊天很愉快，我得吃饭去了。"说完就走了。

男人笑笑，看了苏晓敏一眼，算是目送。

第二天，苏晓敏又来到男人旁边，还是老样子，不紧不慢地问男人一些问题。男人想起就回答上一句，偶尔又不说话。女人也不恼，声音温柔得可以融化掉冬天的寒冰。

苏晓敏和男人这样的一问一答打发掉男人很多无聊的时光，他们渐渐熟悉，男人偶尔也会送一个极小的木雕给她，算是回馈，苏晓敏自然是非常喜欢。

苏晓敏就每天陪在男人身边，温情地盯着男人那张耐看的脸，偶尔盯一眼男人的巧手。

有一天，苏晓敏对男人说："和她离婚吧，我嫁给你，我能给你幸福。"

男人笑笑，摇头。

苏晓敏又对男人说："凭你的手艺加上我的资本，我们去开个木雕公司，准能赚大钱。"

男人笑笑，摇头。

苏晓敏急了，说："她有什么好的。我们结婚后还照顾她，照顾她一辈子也不行吗？"

男人不笑了，说："不行。"

男人说完这话，就背着剩下的木雕回新津去了。

苏晓敏不服气，跟着男人上了后面一班车。

男人到家后，放下了木雕，把坐在轮椅上的女人推到梨花树下，口中唱道：

> 新津年年梨花放
>
> 染白我家小草房
>
> 妹在树下陪哥唱
>
> 哥陪妹妹闻花香
>
> ……

苏晓敏把这一幕看得真切，温情的泪模糊了她的双眼，也模糊了他们的脸。

女人

男人姓许，名沐，大家都叫他许木木。

女人姓黎，名婳，大家都叫她梨花儿。

女人长得水嫩水嫩的，嫁到新津的那天，春天的太阳红艳艳地晒，晒白了似雪的梨花，晒红了梨花儿水嫩的小脸。许木木在梨花儿的脸上亲了一口，冒出句惊人的话来：梨花儿，你的脸白里透红呢！众人就笑了，笑得梨花儿的脸从粉红渐变到绯红，艳艳的。

换上三年前，许木木说出这话，谁也不会笑，因为许木木曾经是新津有名的才子。5 岁就能背诵唐代诗人杜甫的《题新津北桥楼得郊字》："望极春城上，开筵近鸟巢。白花檐外朵，青柳槛前梢。池水观为政，厨烟觉远庖。西川供客眼，唯有此江郊。"10岁时开始在各大报刊上发表散文诗歌……

自古才子多情劫,最难过情关,许沐也不例外。22岁那年,他恋上了年轻的女警花。警花到新津执行任务时,许沐对警花一见倾心,并且把她的样子深深地刻在了脑海中,但警花对他没任何印象。许沐想尽办法,打听到警花是省公安厅的警察,父母亲都是大学教授,家庭条件相当不错。许沐就给警花写信,写了一封两封三封,就是从来没寄出去过。等他想通了,准备亲自送到警花手上的时候,警花已经调职去了外省。

许沐从成都回到新津后,三天三夜没吃饭,喝了不少酒。酒醒之后,许沐就成了许木木。他不再会写文章,甚至连一句漂亮点的话也说不出来,还养成了嗜酒的习惯。

所以三年后的许木木说出"梨花儿,你的脸白里透红呢",让众人笑就正常了。

许木木婚前嗜酒如命,婚后依旧嗜酒如命。

喝醉酒的许木木习惯性地对梨花儿说:"要不是我现在脑袋木木的,绝对不会要你!"

梨花儿也不跟许木木争,也不跟许木木闹,独自跑到床边,把头死死地埋在被子里一阵痛哭,哭完就什么事都没了。

确实,要不是许木木现在脑袋木木的,他是不会娶梨花儿的。

3岁那年的一场大火,梨花儿死里逃生,保了条命,丢了条腿。

梨花儿在被子里痛哭的时候,也在想要不是我腿的毛病我才不跟你呢!

但他俩就结婚了,成了夫妻。

许木木在酒醒后，自知理亏，就更勤快地干活，对梨花儿温柔和关切。梨花儿就把许木木醉酒后的胡闹一股脑儿抛到田野里，让许木木的胡闹浇灌那些粮食去吧。

梨花儿说："日子就是鸡蛋黄，你可以捏碎它，粘得你满手都是；你也可以一口吞掉，然后喝几口水就解决了。"梨花儿说这话的时候，将一个鸡蛋扔进嘴里，抓来一杯水，猛喝了几口。

梨花儿给许木木生了一对龙凤胎，许木木高兴得戒了一个月酒。一个月后他又开始喝酒，依旧嗜酒如命，酒醒后依旧老实地干活。梨花儿早就习惯了，所以也不言语，就这样过日子。

儿女渐渐长大，原本就不太好的家境越发拮据。梨花儿就说让许木木戒酒，许木木丢下句话："赌徒不赌，除非钻土，酒鬼也是，等我哪天钻土了就不喝酒了。"说完拎起手上的酒瓶子就往自己头上砸，瓶子开了花，流了满脑袋的血，灿烂极了。

梨花儿吓呆了，暗暗发誓不再提让许木木戒酒的事。

儿女都上高中后，许木木感觉到吃力，主动跟梨花儿说："以后不用买瓶装酒，就打散酒喝吧！"

梨花儿听了许木木的话，不再买瓶装酒，换打散酒。

儿女读大学的时候，梨花儿突然想到个主意：往许木木的酒里掺水。开始是每次掺一点点，然后逐渐加量。许木木依然嗜酒如命，却没发现酒是掺了水的。

儿女大学毕业了，在成都工作，许木木和梨花儿还住在新津。许木木突然发现梨花儿原本水嫩水嫩的脸已经被岁月染上了层煤炭黑，还割上好多道痕迹。

许木木把这事告诉给了梨花儿听，说你的脸现在又黑又有皱纹。梨花儿就哭，大哭，放声恸哭。

结婚这么多年了，梨花儿还没当着许木木的面这样哭过。许木木慌了神，他想到了在成都工作的儿女，就去成都找儿女回来劝梨花儿。

许木木去成都的路上，梨花儿就找来许木木的酒大喝一口，发现全是水。她不服气，跑到商店去买了瓶瓶装酒回来，一口喝掉大半瓶，准备喝第二口时，就忍不住丢了瓶子开始吐，吐着吐着，人就晕了……

许木木和儿女回到新津后立马把梨花儿送到医院，又是洗胃，又是输液，梨花儿才清醒过来。

病床边，许木木一言不发地望着梨花儿，深情极了。

梨花儿也一言不发，望着许木木，满目的柔情。

良久。

梨花儿开口了："憨木木，你这些年喝的都是水！"

许木木说："我早就知道你给我喝的酒是掺了水的，后来就根本是白水。"

梨花儿说："那你为啥不说呢？"

许木木说："我早就戒酒了。"

梨花儿说："真戒了？"

许木木说："真戒了。"

梨花儿的脸就红了。

许木木就说："你的脸白里透红呢！"

（作者／姚讲）

142

那女孩对我说，我会守护她的梦

十天前的生活，本是再平常不过的一天，却被一条微信激起涟漪。

"告诉你个事情啊，我要结婚了。"前任发的。

"恭喜！"我娴熟地回复，手指的速度甚至超过了大脑的思考速度。

"谢谢，下周日中午办酒席，想邀请你参加，可以吗？"

他随后发来了微信版请柬，一点开，里面是伴着音乐的婚纱照播放。

"好呀，我有时间就去。"我礼貌性地回复。

这半年来，我喜欢工作之余写写文章，分享下生活中的点滴和感受，关于他的所有，我曾暗自发誓，坚决不碰。没想到今天还是收到了他的请柬。

高一到大四，七年一弹指，这个云淡风轻邀我参加他婚礼的人，几乎参与了我全部的青春。

高中

那年高一，我们在同一所高中的不同班级，我在 18 班，他在 9 班。山东的孩子，会知道重点高中是监狱一般的存在，一个月休一天，早晨六点多就开始一门考试，晚饭后要上五个晚自习。晚上 10 点下课，写完作业 12 点，睡到早上五点半起，周而复始。那时，文理尚未分科，虽然我学习努力，可总是被数理化拖后腿。班里六十多人，我一般排 10 名开外。而他，优秀到让老师们交口称赞。

周一的国旗下讲话，是他的文章；学校的年级排名，第一名总是他；连他的物理作业本都被各班传阅，因为里面很多的解题思路清晰而高效。

我唯一拿得出手的，只有作文。60 分的满分，我很少拿 55 分以下。

不管怎样，我也得感谢自己，因为这个不曾被我重视的优点，促成了我和他第一次见面。

那是一次市里的作文大赛，学校很重视，我们两个被选出来代表学校去参赛。比赛前有几次突击演练，就是老师随便说主题我们快速作文。拥挤热闹的语文组办公室，老师们聊着天吐槽这届学生有多不争气，我却只能听到自己的心跳。

那天练完已经到了晚饭时间，他突然说："紫健，一起去食堂吧？"

那是我听到的最温柔的一句话。

我们面对面坐下，餐盘几乎挨在一起。我像个小粉丝一样，傻乎乎的不知道该和他聊些什么。

"那，你高二打算选文还是选理呢？"我颤声问他。

"选文吧，一直比较喜欢文科。你呢？"他笑着说。

"当然是文呀，总算可以摆脱理科的阴影。"我脱口而出。

144

那次吃饭之后，我便有一个梦想，就是高二能和他分到一个班。

一个年级有 25 个班，哪有那么容易分到一起？不过文科班只有 5 个，我在 20 班，他在 23 班。虽然没在同一个教室，却处在同一楼层。我每次都这么安慰自己，这样已经离他很近了。

学校另一大劳逸结合的运动，就是课间跑步，每个班整齐列队，浩浩荡荡地绕着学校操场跑上几圈，足以让全身热血沸腾。文科班有一大特色，就是跑步的时候，每人都随手拿着小纸条，上面密密麻麻写满了知识点，这是老师提倡的，说可以边跑步边记忆，不断重复巩固。我当时字写得不错，笔记又认真，经常有同学复印我的纸条用来跑步时背。而我做过的最勇敢的事，就是为他写了份笔记，然后在最后一页加了句：要加油哦，我喜欢你！

课间回去我也后悔自己的莽撞，想想他功课那么好，说不定根本就没有跑步背书的习惯。自己是有多不矜持，才去做这样的傻事。连续好几天跑步，我都不敢看他们班的队列，怕不小心和他眼神相碰。

唉，可那真的是件我想做的事啊。

后来，我们经常在校园里遇到，他像什么都没发生过一样，每次只是微笑着和我打个招呼，让我多少明白，他的眼里，并没有我。直到高三我过生日时，妈妈为我点了份披萨外卖送到学校，十几个同学陪我一起吃。唱生日歌的时候，同学说有人递东西给我，那是本梭罗的《瓦尔登湖》，书里有张卡片，上面写着："紫健，我很欣赏你。你也加油，如果我们大学会遇到，我会喜欢你。"

我紧紧握着卡片，脸瞬间涨得通红，颤抖着把它收好，放在书包的最里层，伴我直到高考结束。

　　一个光芒太盛的人，居然会注意到我，这让我在无数个夜晚都深深感激。

　　至于结果，他顺利去了梦想中的北京高校，而我报了广东的学校。

　　考完试的暑假，聒噪而难舍，我们一下子从"狱中"释放，反而有点不知所措。他约我出来吃饭，我衷心祝贺他如愿以偿，谁知他说："以后见面的时间就少了，没想到，大学第一场恋爱就是异地啊！"

　　"啊？什么异地？"我杯中的橙汁险些洒了出来。

　　"做我女朋友吧，我喜欢你。高中怕影响你学习才那样跟你说的。"他笑得很温柔。

　　我那一刻的心情赛过中百万彩票。喜欢了三年的男生要自己做他女朋友，是多让人开心的事情！

大学

　　我们以最快的速度适应着大学生活。我已经习惯了每天晚上 8 点左右和他通电话汇报一天的行程和趣事。

　　那时的我，不比高中轻松。怕因为距离和他疏远，怕他喜欢的话题自己插不上话，也怕，他会移情别恋。

　　他喜欢篮球，我便坚持和他一起看 NBA；他爱欧洲五大联赛，我便熬夜关注结果。至于课业，我很少问他，一是倔强的自尊心，二是怕他觉得无聊。

　　大一半学期过后，他有次突然说："你有没有想过出国读研呢？看看外面的世界。"

"这个倒没想过，国外有那么好吗？"我回答。

"我觉得年轻时应该多挑战些不同的东西，去美国，体验下西方的教育。"他自信满满。

那晚放下电话，我想了很久，觉得他说的有道理。我开始对异地求学有所憧憬，也告诉自己要加倍努力了。

我们约定，互相鼓励力争一起出国读研。我大一寒假就报了北京的GRE（美国研究生入学考试）强化班，提前开始了备考。笨鸟先飞，我不想离他太远。

其实，我很少看到自己的好。那时的我，事实上学习不赖，每学期成绩都名列前茅，琴棋书画略通，人也不丑。可只要他没看到，我便不觉得自己有多好。

那时的他并不擅长甜言蜜语，虽然文采斐然，可从没为我写过一封情书或者多说几句肉麻的话。每个人性格不一样，我当然能理解。因为喜欢，他身上没什么我接受不了的缺点。

我们那几年，虽然是异地恋，却没吵过一次架。因为不舍得啊，本来异地就容易产生误会，看不到他的眼睛，又怎么忍心去责怪他的声音。

为了见面时看起来显瘦，我天天坚持去游泳，筋疲力尽后只喝点粥。我不是个很聪明的人，却愿意为他尽最大努力。

大二时，他申请到了交换生资格，去美国西海岸名校交换一个学期，我既不舍又为他骄傲。

等他读完交换生回来后，我却隐隐约约感到，他不像以前那么积极备考了。

大三寒假回老家过年时，他约我出去看雪，看着漫天飞舞的雪花，他说："等我们毕业以后在一个城市了，就结婚。"

"谁要和你结婚呀？"我笑道。

"可我没有想过要娶别人呀。"他捏捏我的脸，一脸无辜。

"而且以后有小朋友了，我们要为他做个邮箱，里面塞满他的照片和故事，等到他18岁了，就把密码告诉他。"他继续说。

"要是小朋友像我这么笨，数学又不好怎么办？"

"家里有一个数学好的就够了啊！"他振振有词。

可能是突如其来的几句承诺太暖，让我只想让时间静止在这一刻。他有意无意地说起其实留在国内读研也不错，我也几次动摇过。只是，夜深人静时想想自己为GRE和托福做过的努力，想想为了了解国外学校所进行的一次次调研和总结，想想为了套磁教授写过又改过的邮件，那些天我经常失眠，然后醒来不断叹气。努力了这么久，已经把这当作了自己的梦想，现在让我放弃，真的不甘心。

仅仅不甘，是不足以让我改变主意的，绝望才能。

那天，我从食堂吃完饭赶回图书馆，收到和他同校的高中朋友的短信，朋友说在学校的保研名单上，看到了他的名字。

当时说要出国的人是他，现在保研的人也是他。悲哀的是，我自始至终都是局外人。

我终于没忍住拨通了他的手机，他忙解释说："美国嘛，看看感受一下就好，反正以后不打算留在那边。你看硅谷那么多人，赚再多也是二等公民。"

"你就不能事先跟我商量下吗？"我难过地问。

"你每天为了申请那么忙，商量了对结果也不会有影响啊。"

"那对不起了，我还是想出国，而且下半年就要开始投递申请了。"

"嗯。也是，那是你的梦想嘛。"他回。

"那你毕业后回国吗？"他紧接着问。

"看情况吧，如果找到工作，在那里工作一两年也说不定。"

"你的选择我当然支持。是我没考虑周全，自己单方面就改变主意了。"

"如果我毕业就回国，你会等我两年吗？"我问。

"如果你以后会留在北京，我会的。"

"那还真说不准，你居然连城市都给我规定好了。"我拿出了最后一丝自尊与倔强。

于是，结果只有分开。分分合合好几次，最终在我拿到签证的时候他说死心。

那时的我们，重感情，但也没有把它看重到可以牺牲一方的梦想来成全。最后的最后，谁也没有挽留谁。

我告诉自己，为一个男生做到现在，我已经尽力了。

原以为，这么多年，我终于找到了一个可以保护我的人，却发现，正是他，掀起了心里最剧烈的风浪。

也许，他从大一才开始真正对我有感觉，也许，他到最后才发现有所不舍。可是，这七年，我眼里心里所能看到的，只有他一个人而已。

我以为他天性就冷淡，以为自己的温暖可以融化他。最后，发现自己的心也被他带冷了。

美国的那两年，我都是一个人。独在异乡是很容易被别人的关怀所感动的，我也遇到过对我不错的人。可是，一想到曾经那么认真地喜欢过他，我就会怀疑别人会不会也能认真待我。

我看到他在国内过得并不轻松，经常熬夜加班赶工作。看到他朋友圈的状态，我从开始的条条在意，到后来漠不关心。

只是有一天，他在深夜分享了一首歌，是黄义达的《那女孩对我说》，我犹豫着点开播放：

> ……
>
> 一个人心中只有一个宝贝
>
> 久了之后她变成了眼泪
>
> 泪一滴在左手凝固成为寂寞
>
> 往回看有什么
>
> 那女孩对我说
>
> 说我保护她的梦
>
> 说这个世界
>
> 对她这样的不多
>
> 她渐渐忘了我
>
> 但是她并不晓得
>
> 遍体鳞伤的我
>
> 一天也没再爱过
>
> 那女孩对我说
>
> 说我是一个小偷
>
> 偷她的回忆
>
> 塞进我的脑海中

我不需要自由
只想背着她的梦
一步步向前走
她给的永远不重

听着听着，眼泪就不争气地往下流。

后来的一次同学聚会，我有事缺席，听闺密告诉我，他说："那会儿比起出国读研，我更想留在国内毕业就工作，因为希望能给喜欢的人更好的生活，而这个周期越短越好。"我听完笑笑，说都过去了。

毕竟是共度青春的人，如果不亲眼看到他找到幸福，我还是会有小小的不甘心。如果他幸福，即使这份幸福不是我给的，又有什么关系呢？

其实，对我而言，他就像一棵大树，曾为我遮阴挡雨，我也曾幻想和他永生相伴。可梦碎了，被他撞疼了，一看到树就不自觉绕行。终于过了很久，我不会记得这棵树曾给我的荫庇与疼痛，可我真心希望，那棵大树永远都在，枝繁叶茂如初。

婚礼

我想，他准备邀请我时，肯定下了更大的决心。相处的那几年，虽然他有些不解风情，不过他很善良，不会刻意为难我，我该相信他。而且，如果他在这么重要的日子依然愿意看到我，那么，参加婚礼并且送上祝福又有什么不可以。

我化了淡妆，穿了条粉色连衣裙。婚礼现场的主题是淡蓝色，天空与海洋的颜色。他们创意环节不多，婚礼布置得简单而雅致。主持人没有对他们的爱情开过多的玩笑活跃气氛。新娘很美，笑得很甜。

我们几个高中同学坐到一桌，吐槽着北京的交通和空气。待到仪式结束，他们过来敬酒。我们站起来说恭喜，先开口的，是新娘："初次见面，多多关照。久闻你们大名呢。"

"谢谢。"大家一起笑着举杯。

我也举起手里的红酒，这时，他说话了，声音很慢却很坚定："紫健你以茶代酒吧，你酒精过敏还是少喝。"

"哦。"我点头。

好了，这样就放心了。他找到了他的幸福，我也遇到了把我捧在手心的人。海枯石烂不如好聚好散，以后任何时候想到他，我心里都是微笑的，对过往情深义重，但绝不回头。这已经是我能想到的，最好的结局。

回家后，我睡了个长长的午觉，一直睡到下午4点。

醒来看见手机里有一条微信消息，是他发来的："恭喜我，终于娶到了像你一样的姑娘。"

（作者／紫健）

152

如果爱情有香味

有人说过："抓住男人的胃，就能留住男人的心。"

以前我不信，慢慢地，我开始信了。

因为，自从我学会了做菜，才知道食物的意义，并不仅仅是果腹。

后来，沈安说："胃与心比邻，胃被滋养了，心自然就幸福了。"

1

子雅与我同城，却是我在旅行路上认识的朋友。换句话说，我在旅途中遇见了子雅，碰巧她与我同城。总之，用子雅的话说，这叫作："缘，妙不可言。"

我与她，都是向往独自去远方的女孩，志趣相投，让我们成为好朋友。其实我们并不是职业的旅行者，我们都在这座城市里有稳定的工作，努力工作的同时有一个走万里路的梦想。我们会抓住每一个可以出游的机会，然后背上背包就出发。

那天，我在网上看到一个露营团的招募活动，心血来潮想周末去海边露营。于是，我让子雅和我一起报名，子雅非常乐意地答应了，并且迅速列出一张如蚂蚁队伍一样长的清单，上面写着去露营要准备的物品。她就是这样细心又能干的女孩子。

周末如约而至。我们背着背包，与驴友们集合在一起乘坐大巴车。大概两个小时左右，到达一个偏远的码头，然后又坐了两小时的快船，才到达目的地——一座无名的小孤岛。

我们披着晨曦的微光出发，到达时已经是艳阳高照的晌午时分。我们在岛民家里吃了午餐，便分头在沙滩上扎营。我和子雅都是第一次露营，我对着一堆帐篷的零件无从下手，而子雅认真地阅读着说明书。在子雅的指挥下，我给她打下手，不一会儿我们就把帐篷搭起来了，她真是冰雪聪明旅行必备的好驴友。

我们在水清沙细的海滩上嬉戏，畅游，踏浪。子雅是摄影爱好者，给我拍了很多与大海的美丽合影，足够我炫耀一个月了。我喜欢这样万能的女孩子。

到了日落时分，便是提前准备好的烧烤活动了。虽然每个人都热得大汗淋漓，但是吃着自己动手的劳动成果，看着海边美丽的落日，心情也是畅快淋漓的。

正当我和子雅躺在沙滩上数星星时，听到队长的哨子响了起来："11营有驴友疑似食物中毒，如有医生或护士请速来救助。"子雅二话不说跑了过去，给脸青唇白的男驴友灌了几颗黑色的药丸。不一会儿，刚才还胃痛得死去活来的男驴友，脸色渐渐好起来，也不冒冷汗了。大家都夸子雅医术高明，男驴友更是万般感谢，子雅说只是举手之劳，不足挂齿，像极了武侠片里救人不留名的女英雄。

回到露营的帐篷，我问子雅，你这个白领什么时候变成了医生啊？子雅说不好意思澄清，万一说不是医生，别人不相信她，不敢吃她的药怎么办。救人要紧啊。刚才那个男驴友不过是吃了烧烤，又喝了冰水，导致肠胃功能紊乱而已，吃几颗整肠丸就能好了。

我好奇年纪轻轻的子雅满肚子的生活经验来源于哪里，她说这都是她奶奶教给她的。

2

这个被子雅救了的男子，叫沈安。他自从康复，就一个劲儿地向子雅要联系方式，说回去一定要请子雅吃饭以表谢意，但是被子雅婉拒了。

子雅跟我说，如果跟一个陌生人能够相遇两次，那就是有缘分了。如果真有缘分，他们还会再次相遇。

她相信缘分。

没有想到，我们真的会第二次遇见沈安。那也是在一个驴友活动里，我和子雅参加森林探险团。集合时，沈安一眼就认出了子雅，非要跟我们同一队。

这次见到的沈安，跟上次病恹恹的样子判若两人。他身穿精神的运动衫，眉清目秀，英气逼人。

每队八人，沈安和另几名男驴友主动背起了中午在山里野炊的物料，女生们只背着轻简的背包进山。一路上，沈安都走在我和子雅的前面，用手杖给我们开路，提醒我们注意脚下的路况。

一路上有很多野草，子雅边走边摘了一大把紫色的叶子。

我们都不知道是什么，她揉碎一片叶子给我们闻，味道很香。她说，带上这个叶子，就能驱蚊。她越摘越起劲，紫色的叶子装满了一背包。

到达野炊点，男生们生起了火。按队长的安排，每两人合做一个菜。子雅主动请缨，她和我负责煮鸭肉。我顿时无语，眼前的食材中以素菜为主，最难做的便是鸭肉了。子雅却胸有成竹地说："包在我身上，保准好吃。"我半信半疑。她命令我把那一大把紫色叶子拿到小溪里洗干净，她说，要给我们做一道紫苏焖鸭肉。

我第一次知道这种植物叫紫苏。让我意想不到的是，子雅在简易搭建的灶上，熟练地煮着这一道紫苏焖鸭，香味弥漫在整个山坡，大家都争相来看子雅在煮什么菜。

没有想到，这种貌不惊人的植物，一旦遇上高温烹饪，香气竟如此浓烈。就像子雅，表面上文文静静的她，身体里蕴藏着惊人的潜力和能量。

大家都对子雅这一道紫苏焖鸭肉赞不绝口。最夸张的要数沈安，大家吃完了鸭肉，他还把调味的紫苏吃得一干二净，好像想要把碟子也吞下去一样。

这次相遇后，沈安和我们成了朋友。

子雅喜欢做饭，有数不清的拿手菜。空闲时，总会邀请我去她家吃饭。沈安看到我在网上晒美食和闺密后，涎着脸也要跟着蹭饭。

沈安对紫苏焖鸭肉念念不忘，老让子雅给他再做一次，然而紫苏在城市里并不多见，在菜市场也是可遇不可求的东西。

子雅说，要做可以，但你负责买材料。沈安乐呵呵地答应了。

然而，他多次去菜市场，并没有找到紫苏的影子。每次都是满怀的希望化为失落，只好提着一袋水果灰溜溜地到子雅家蹭饭。当看到子雅满桌子的菜时，沈安两眼放光，没买到紫苏的坏心情瞬间被抛到九霄云外。

渐渐地，我们仨成了无话不谈的好朋友。我们的友谊建立在蹭饭上，通常是沈安负责切菜，特别是带骨头的只能他来切；子雅负责做菜，一道一道都是香喷喷的；而我只能负责洗碗了。子雅说，我们已经建立了深厚的吃饭友谊。

在子雅一道又一道让人食欲大开的美味菜肴下，我以为沈安放弃了对多次寻找无果的紫苏的执念。没想到，几个月后的一次约饭，沈安竟带来了一把紫苏叶。我们问他从哪里买的，他说是他自己种的。我们不信，他便拿出手机给我们看他在花盆里种的紫苏，从播种到发芽到成长的过程。我们惊叹于一个吃货的毅力！为了吃到一道心仪的菜，竟然如怀胎十月一样去孕育食材。

这回子雅没有做紫苏焖鸭肉，而是特意去菜市场买了田螺，给我们做了一大盆香喷喷的紫苏炒田螺，另外再用田螺汁炒了一盆米粉。我们吮着裹满浓浓紫苏香味的田螺，喝着饮料，看着电视里的球赛，感觉友谊又上升了一个层次。

子雅说，把紫苏的叶子摘下来，还会长出新的嫩枝叶，过段时间又可以吃了。然而，紫苏生长的速度终究赶不上吃货的口水，沈安种的那一棵紫苏枯萎了。

3

沈安有一个毛病，就是胃不好，经常胃痛。有一次，我们去逛街，在街上吃了雪糕后，他就胃痛得走不动了。在凉爽的秋日里，他蹲在街上捂着肚子直冒冷汗，还很内疚地说，不好意思扫了我们逛街的雅兴，让我们不用管他，他休息一下就好。

　　医生说沈安得的是胃溃疡，需要注意饮食。子雅对沈安说，把你的胃交给我，我一定帮你治好。我们都觉得子雅只是安慰沈安，根本不相信她还有这能耐。

　　次日，子雅叫我们下班后去她家吃饭。这一顿饭很简单，只有蒸肉饼、蒸鱼和炒青菜。肉饼和鱼的味道有点古怪，不知道是什么中药味，非常矛盾，我觉得很难闻，沈安却觉得很香，吃了两大碗饭。

　　饭后，子雅解开了谜题，她说菜里添加了一种对胃非常好的中药，叫春砂仁。这种药材的味道很有个性，喜欢的人非常喜欢，讨厌的人非常讨厌。幸好得胃溃疡的沈安是前者。

　　告别时，子雅送给沈安一瓶大大的春砂仁蜜，叮嘱他每天早晚都喝一勺，沈安抱着一大瓶春砂仁蜜乐颠颠地走了。

　　不久后，沈安约我们吃饭，宣布了他要离开的消息。他所在的是总部外设的项目组，现在项目完成了，他们也要回上海总部办公了。我和子雅有点难过，宽慰他说去上海时找他玩，然而沈安看起来非常悲伤。那一夜，他喝了很多酒。我们相识一年以来，还是第一次见他喝醉。

　　次日，我和子雅说要送他去机场，他拒绝了，说："不用送，我有空就回来吃紫苏焖鸭、紫苏田螺、紫苏烧鱼……"说了一大堆子雅做过的关于紫苏的菜。看来，他还真是对紫苏念念不忘。

沈安走后，我们的约饭突然变得冷清，没有了他滔滔不绝的话题，吃剩下的紫苏也无人一扫而光。我和子雅都觉得失去了做饭的乐趣，干脆就约在外面的餐厅吃了。

沈安离开后，我与他很少联系，只是偶尔互相评论一下对方的动态。大约两个月后，有一天沈安给我发消息，说有重要事商量，让我速速上线。我上线后，这小子给我发了一份详细的计划表，让我惊呆了。

这是一份给子雅庆祝生日兼向子雅表白的计划表，24小时都安排得满满的。我说："你这小子原来喜欢子雅啊，瞒得真好啊！"他说，其实从子雅第一次用整肠丸治好他的胃痛开始，他就喜欢她了，只是把这种爱深深地藏起来了。直到久别后的一天，他起床后习惯性地挖一勺子春砂仁蜜吃，却发现已经吃到底了。他突然想起他的老胃病好久没有犯了，原来子雅真的治好了他的胃病。胃病不犯了，相思病却犯了。他整日整夜地想子雅，想来想去，决定在子雅生日这天跟她表白。他说，他需要我的配合。

我按照他的意思，将子雅约到市中心的旋转餐厅。沈安的出场方式让人哑然，他在众目睽睽之下走到子雅面前，弹着吉他唱《我是真的真的很爱你》。歌毕，服务员送上准备好的百合花，他接过后单膝跪地，很诚恳地说："子雅，我爱你，做我女朋友好吗？"此时的子雅，已经感动得泪流满面，又满脸羞红。餐厅里的客人更是起哄："答应他，答应他。"像是电视里求婚的场面。子雅轻轻地点了点头，兴奋的沈安紧紧地拥抱着子雅。

看着两个好朋友有情人终成眷属，我由衷地为他们高兴。

我打趣地问沈安："你究竟是喜欢子雅做的菜呢，还是喜欢子雅啊？"沈安说："我喜欢紫苏焖鸭肉，喜欢紫苏炒田螺，喜欢香甜的春砂仁蜜，但是这些对我而言，只是喜欢。我爱子雅，爱她的聪明，爱她的能干，爱她的善良，也爱她的小懒，爱她的一切。"他说得很真诚，也很肉麻。子雅感动得满眼泪水，我知道子雅也爱他，在他离开后，子雅总是跟我提起他。沈安说，他打算留下来找工作，不回上海了，因为这里有他爱的人。

4

我以为他们会一起在这座相识相爱的城市里开始幸福的生活，子雅却选择和沈安回他老家。现在的子雅与沈安，在沈安的老家过着一家三口的幸福生活。结婚是沈安提出的，回老家却是子雅提出的。理由很简单，因为沈安是独生子，她不忍心沈安的父母长期过着孤独的生活。我让子雅认真考虑清楚，而她却说，爱一个人，就应该付出啊。

子雅辞掉了她有前景的工作，到北方小城过着相夫教子的主妇生活。我时常看见她更新微博，都是一些琐碎的小事，却能从中感觉到她的幸福。

后来，我去北方旅行，特意到子雅家的小城里探望他们。彼时的沈安，已经事业有所成就了，他贷款买了一栋带院子的小别墅。而子雅，在院子里开辟出一块地，种满了紫苏，满院子弥漫着淡淡的紫苏香气，厨房里也散发着浓浓的紫苏香。

我终于又能吃到子雅做的饭菜了。北方以面食为主，而他们家的餐桌上却是米饭和粤菜。我问："这是特意为我准备的吗？"沈安说："这是我们家的家常菜，子雅吃不惯面食和乱炖，我也喜欢吃粤菜，我们家每天都这样吃。"

看着沈安和子雅琴瑟和鸣，我知道我一度担心远嫁他乡的子雅过得不快乐是多余的。只要有爱，到哪里都是好日子。

如果爱情有香味，那么，我闻得见，他们的爱情是一缕紫苏香。

（作者／陈不染）

不如我们从头来过

1

许是昨晚忘关窗的原因，天还未亮苏静禾就被一阵阵寒风吹醒。起身关窗时，望着窗外还未褪尽的夜色，静禾猛然记起了梦中的场景。

这是宋品言去世一年后，静禾第一次梦见他。她梦见夏日里和他一起游走于丽江的清溪河畔，暖煦的夏风吹起涟漪，荡起波纹，几条金鱼悠哉地在清澈见底的水里嬉戏，一行青鸟飞掠而过，影子倒映水中美如画卷。品言在一旁拿着相机，叫静禾站在他身后，不要入镜煞了风景，咔嚓一声拍下了那一瞬美景。这梦境真实得仿佛有让时光倒流的力量，品言的脸庞就那么清晰地浮现在了静禾的脑海里，回忆随之翻涌而至。

想起那一年冬天，静禾生着病但还是雷打不动地从昆明辗转了几座城市到济南探望品言，只因他一通电话说，十分想念她。

恰逢那段日子赶上静禾刚辞了工作，她就在品言的住所里停留了几日。品言像照顾小孩子似的照顾着静禾，头天晚饭的时候便做好第二天的早餐和午饭，上班时还不忘发短信嘱咐静禾："要按时吃药，要是觉得闷就从书架上挑几本书看看，或者玩玩电脑，看看电影，外面寒风冷冽就别拖着病恹恹的身体出门瞎逛了，要是饿了冰箱里的饭菜热热就可以吃，不要在外面瞎吃坏了肚子。"品言个性独立，又年长静禾几岁，总是以大哥哥的身份照顾身边的朋友，静禾偶尔会觉得他很啰唆，但内心觉得十分温暖和感激。

周末，品言便带着静禾去济南各处游走，去了很多风格简约的独立书店和咖啡馆，吃了很多独具特色的小吃。游玩间隙他和静禾谈起他这些年在济南的所见、所遇、所乐和所烦之事，敞露心扉谈论他周遭的生活，走累了就坐在广场的座椅上看着来往的行人，一切像是回到了往日时光。

他们都深知，踏入社会后，身旁的人都在各行其是，各怀心事，朋友二字的意义也变得越来越复杂了，最后愿意穿越几座城市陪伴在自己身边的，无非只是两三人。

直到第七天，静禾打点好行李，准备回昆明。

品言一本正经地对静禾说："真不希望你的病这么快就好了，因为病好了你就要回去了。"

静禾则开玩笑说："我又不是去死，来日方长，不久我再来你这儿，你再做饭给我吃呀。"

"呸，别把死挂在嘴边，只是我这孤家寡人的，有个像你这样的好友在身边觉得踏实，连呼吸似乎都顺畅了许多，哥这种寂寞的人你是不能理解的。"品言一边说着一边递给静禾一盒济南特产的玫瑰酱。

静禾接过特产，一脸欣喜地说："东西我收下了，要是你寂寞那就赶紧娶个媳妇呗！"

品言执意向公司请了假送静禾到车站，临别之际，品言突然变得沉默，神情中带着不舍。寒风在人潮熙攘的车站口肆意流窜，静禾嘱咐品言，一定要照顾好自己，在挥手告别的那一刻，静禾看见品言眼眶中闪烁的泪光。

　　他们都未曾想到，那一别后，竟会生死两隔。

　　距离那次相见，转眼间已经过去了两年。这两年里静禾有心无心地忘记了很多人很多事，唯独品言和她开过的玩笑话，以及他的音容笑貌和不舍的神情都深深地烙在了回忆里，无法被岁月抹去。

　　在慨叹时光迅疾如同白驹过隙之余，静禾深知一切终将不复返了，有关品言的回忆也恍如一场不愿醒来却又被晚风惊醒的梦。

　　回首间，原来最令静禾遗憾的，还是那时她没能体会的——品言的孤单。

2

　　睡意全无的静禾，泡了一碗方便面，吃到一半便没了胃口，收起双腿盘坐在松软的椅子上，塞着耳机神情木然地对着电脑屏幕一边听电子乐，一边修一个月前因为拖延症还未修完的照片。泡面还在一旁冒着热气，调好的电子乐电台不知怎么就突然跳出《梦一场》这首抒情歌。前奏并没有那么熟悉，可副歌一出来，静禾的眼泪就吧嗒吧嗒地掉下来。静禾突然意识到自己已有很久没有这么畅快淋漓地矫情一下了。待音乐播完，静禾用衣袖擦了擦眼泪，索性合上电脑，穿上外套，换了鞋下楼夜游。

三月份，楼下的几棵樱花树已开得娇艳，给人一种天边红霞的错觉。静禾信手拾起一枚粉色的花朵装进了衣兜，伴着夜色春风，漫无目的地沿街一直走。街道旁昏黄的路灯将她的影子扯长，凸显着夜的寂寥。路过的几个喝得醉气熏熏又面红耳赤的人大声地说话，她下意识地急忙加快了步伐，有种逃离追杀的架势。

　　不知走了多久，她还是丝毫没有倦意。不一会儿，天空又倏然飘起了绵绵细雨，回程的时候她看到路边的草丛里点缀着几株她叫不出名字的黄色花朵，仿佛在向她露出清浅的笑容。静禾抬头看天空时，恰逢几只飞鸟掠过，她的心情一下子变得疏朗起来。她揭开衣袖看了一眼手表，指针已指向 5 点 10 分。

　　到了住所，打开房门开了灯，白炽灯刺得眼睛有些生疼。静禾揉揉眼睛，径直走向电脑，打算继续玩会儿电脑，直至上班时间。登了 QQ，她突然注意到 QQ 邮箱里有未读邮件的提示，她便一封封打开，不一会儿一封品言于一年前给她寄的邮件映入眼帘。

　　品言说："不知你近来可好，距离我们上次对坐交谈已经时隔半年之久了吧，这半年里我待人更加疏离了。未与你联系的这段时日家中发生了很多变故，因为自顾不暇所以我变得有些无情无义，但并不代表我在故意与你生分。现在我的生活终于有了起色，也如愿当起了背包客，一路走走停停。前段时日，给你寄了信和明信片，但我不知道你是否搬家了，只是按着你从前的地址寄了过去。我想告诉你的是，我很想念你这个朋友，待我旅行归来，我定会来找你，祝好！"

　　静禾急忙起身，险些从椅子上摔落到地上。她从抽屉里找出了锈迹斑斑的信箱钥匙，大步流星地朝房门口的信箱走去。她吹去信箱上积满的尘埃，快速打开那刷了一层绿漆的信箱，像是孩童迫不及待地拆生日礼物那般。在一封地产公司的广告信下面，她看到了品言寄来的信封和明信片。

牛皮纸信封边缘有几道折痕，好像风霜洗礼过的皱纹，贴着印有布达拉宫的邮票，上面盖了红色的邮戳，还印着她看不懂的经文，而信封上品言的字依然那么随意，依然那么好看。

静禾小心翼翼地拆开了信封，里面装着两页写得满满的信笺纸。

品言在信中提到，他用了一个月的时间辗转了很多城市，翻越了很多座山，涉足过无数条河流，领略了不同的景致，也感受了各地的风土人情，踏上了一段不愿驻足的征程。他希望能在有生之年去往更多的地方，他也逐渐明了人生的意义在于行走，只有在路途中、在大自然的荣枯中才能重新定义生死，一株草历经春萌秋枯，正显现了时间流逝与死亡轮回。只是，人却把生命的意义看得太过沉重，反倒有所畏惧。

其实静禾从未对品言有过任何怨尤，无论是品言的不联系，还是他对他身患急症的刻意隐瞒。如今看见这封信，她能想象，品言给她写明信片时的认真模样，手指又是怎样的弯曲弧度，内心只感无限欣慰，也让她非常怀念这个已故的友人。

静禾突然觉得，人与人之间的聚合离散真的都是久别重逢。一场不经意的梦境或是一封迟来的信件，都像是另一种意义上的相聚，这种相聚虽然缥缈，但足以让回忆攀上心头。她觉得品言并未真正离开过，只是去了另一个国度，继续着他未走完的旅程。

166

3

静禾与品言的相识源于一次毕业旅行，那时静禾故作文艺地钟情于一些小众的旅游地，而周遭的朋友们都向往去一些既大众又热闹的地方。她因找不到同伴而备感焦虑，便索性上网发了一个征集结伴同行的帖子，由此结识了品言。第一次她与品言见面约在了一个静谧的咖啡馆，那天正逢午后，热辣的太阳高挂在头顶烘烤着大地，咖啡馆碧蓝色的色调让人觉得清爽。接到品言的电话，他说他已抵达咖啡馆门口。他相貌平平，静禾并没有一眼把他从熙攘的人群里过滤出来，直至他微笑着向她招手她才敢确认他的身份。品言那因缺乏阳光照耀而煞白的脸庞，透露出一种未经世事的幼稚，黑框眼镜下是一双无神的眼睛，毛躁又卷曲的头发明显已有一些时日没有打理，就像山野中被艳阳烤得焦黄而随处疯长的杂草，十足的宅男气质让静禾觉得眼前这个人根本不像一个成年人，加上他体格瘦小，静禾顿时担心他会成为旅行中的累赘。经过一下午的交谈，谈到了一些各自喜爱的电影和音乐，静禾发现自己和品言的共同话题很多。品言待人温和大方，丝毫不扭捏，这让静禾打消了先前的顾虑，反倒滋生出一种相见恨晚的感觉，也让她深深鄙夷了自己以貌取人的坏毛病。

静禾和品言开玩笑说："在旅途中我会不会因为诱拐儿童而蹲大牢？"品言笑着露出他洁白的牙齿笃定地说："不会的，你尽管放心好了。"

后来他们二人结伴而行，相继去了很多的地方。第一次旅行由于两个人还都是学生，旅行的经费是靠平日兼职所积攒下

167

的钱，很是拮据，注定了那一次的旅程是"相依为命"的一同穷游。两人就这样各自背着一个帆布背包踏上了旅途，带着对未知旅途的向往，丝毫不胆怯地起程了。

两人最先去了西南地区一些鲜为人知的村寨，这些村寨明清时代的古居保存完好。建筑风格清雅内秀，散发着一种与世隔绝的独特韵味。只是要去这些地方要几经周折才能抵达，时常会发生的泥石流、山体滑坡，也让道路变得更加艰难，因此被很多驴友称为南方险境。路途艰险，客车班次很少，最后品言通过一个朋友的关系，搭上了一辆自驾游的顺风车。幸运的是路况很顺畅，并没遇到险阻，车上除他俩外还有两三个人。兴许是夜晚的缘故，面显疲态的众人没有过多的交流，车厢里很是安静。山路崎岖，车开得很慢，即便这样，也还是让静禾见识了真正的"山路十八弯"，胃中翻江倒海，险些吐在车上。品言见她不适，从背包里掏出风油精，擦到了她的太阳穴上，风油精的清凉克制住了静禾胃里的翻搅。品言见她有所好转在一旁打趣道："你也太弱了吧，你看人家司机大哥，又开车又拐弯的也没见要吐啊，你吐我一身倒没关系，你要是弄脏了人家的车，我可赔不起啊，再害我被人扔下车，被野狼野猫袭击怎么办啊？咦，我记得你说，你怕我在旅途中拖累你，这下你看是谁拖累谁哟！"静禾早已经疲乏得失了和他斗嘴的精力，狠狠地瞅了瞅他那幸灾乐祸的脸，便睡意昏沉地靠着车窗睡了过去。

经过一夜的颠簸，次日清晨他们终于抵达了雾霭朦胧里的村寨，在曲折蜿蜒的山路尽头，隐约看见了村寨的轮廓。车子在村口停下来，一下车便看见刻着"稻湾"二字的石碑，这是村子的名字，很具诗意，意寓"稻之城，水之湾"。车上的另一拨人与品言两人路线不同，道谢之后，静禾和品言很快与他们分开了，沿着村口的道路前行，看见清澈的溪水将山路和村落隔开，稻湾宛如一个未曾被俗世侵染的婴孩。品言拿着相机，对着各种景致按下快门，步履轻快地行走于山间，不时和静禾说："你快看那边，好美啊，让开让开，别挡着我的镜头，真是煞风景。"脸上张扬着粲然的喜悦，那一刻的他像个天真的孩子。

两人走着走着，路过一条溪水，溪水之上横亘着一座独木桥，大约有十几米长，只容得下一人行走。过桥时，品言走在静禾的前面，不时回过头看看身后的静禾，说："你可千万要慢点，别掉下去了啊！"静禾小心翼翼地走在他身后，嘴里嘟囔着："放心，水流又不湍急，掉下去也死不了，你别那么啰唆好吗？"他们走了约莫二十分钟，稻城终于露出了她的真实面容。成片的灰砖白墙，一眼看不到边际，几条泉水横穿村落，乡野的气息格外湿润清新。几只飞鸟追逐着掠过天际，勤劳的村民们伴着晨光在金黄的稻田里劳作。似乎尘世以外的喧嚣，与这座跻身在众山围绕之中的水乡小镇毫无关系。

村寨里的人简单淳朴，村民们友善地和他们微笑示好。

两人找了一户农家留宿，房主是一位慈祥的老爷爷，他独自抚养着一个 6 岁的孙儿，那名孩童名叫宁宇辰，老爷爷亲切地唤他宁儿。

老爷爷年近七旬，曾在村子里的小学任教。一身藏青色的衣裤，时常用手捋着下巴上灰白的胡须，花白的头发整齐地梳在耳后，眼神清澈明亮。他脚踏一双布鞋，走路轻巧，虽然年事已高，腰板却依旧挺直，浑身散发出一种暮年老者独具的智慧和气质。

　　而宁儿，年纪虽小，待人接物却很懂事有礼，性格也映衬着名字中的温良宁静，不像大多的孩子那般，爱结伴成群地嬉戏打闹，这让静禾觉得宁儿那种安静不是他那个年纪的孩子该有的状态。品言将背包中的零食拿出来与宁儿分享，宁儿婉言拒绝说："谢谢哥哥，我不能随便要别人的东西。"眼神中分明流露着对零食的渴望。品言拉过宁儿肉肉的双手，将零食放在他的怀中说："哥哥可不是外人，以后还会再来你家看你，赶紧收着，拿去分给你的小伙伴们吃。"宁儿这才笑逐颜开地将零食收下，很有礼貌地说："谢谢哥哥，以后长大了我去城里看你。"说完就满脸欣喜地跑进里屋，小心翼翼地将食物放在一个木盒子里。

　　老爷爷亲自炖了家中饲养的土鸡，煮了自家种的蔬菜，味道很是鲜美。看着静禾和品言有些拘束，老爷爷一边给他们碗里夹菜一边说道："你们不用客气，尽管把这里当成自己的家，平日里要是没有这个孙子陪着我，这日子便没了盼头，你们的到来倒给这个家添了几分活力。"老爷爷说着放下手中的筷子，用那覆满褶皱的手爱抚着宁儿的头，宁儿则在一旁低着头自顾自地夹锅里的菜，不像别家的孩子那般需要大人追着、哄着喂食，孩童的任性与撒娇并不属于他。

　　晚饭后，静禾和品言在宁静的乡野小道上漫步，鞋底与地面摩擦的声音默契得很有节奏。品言抬眼看了看稻城那繁星满天的夜空说："真像我的故乡。"静禾扭头看着品言，发现他睫毛很长，弯弯的。至于他眼眸中散发着的乡愁，静禾并没有

170

多问，只是保持缄默与他同行。繁星隐没，皎洁的圆月高悬在穹顶洒着清辉，像是某种指引。

翌日，天色还未透亮，村庄里的鸡鸣声已经此起彼伏。在宁儿的带领下，他们去了稻城最高的一座山上看日出。攀登至山顶，触目所及都充满着美好和洁净，仿佛人也变得轻盈起来。伴着暖煦的山风和林间鸟儿清脆的鸣叫，天边的金色中太阳露出了她的真面目。品言拿着相机咔嚓咔嚓拍个不停，而静禾沉迷在那种金色光芒里，感受大自然的震慑力所带来的无限安宁与喜乐，这是她这么多年来第一次真切地感受到了自在。

4

在稻城的短短两日，静禾对品言有了更多的了解。

品言出身农村，母亲生他时难产去世，父亲因此一蹶不振，开始酗酒度日，喝醉了便会像发疯一样打他。童年时的品言，身上时常带着淤青，但他对父亲从来都没有过任何怨言，因为他深知，父亲性情的转变和躁怒都是因为太爱母亲，而母亲却又因他的出生而离世，这种怨恨是有来由的。他也懂得父亲心中的那份孤寂，他不去计较父亲，陪伴在父亲的身旁，任由他撒气打骂。

品言的父亲在他 6 岁那年因患肝硬化去世，父亲临终前对他说的最后一句话是："我要去陪你妈妈了，这些年，爸爸对不住你。"父亲离世后，品言便离开了那个生活了 6 年的家，随外婆去到另一个山明水秀的村子，在外婆的庇护之下他才真正感受到了爱是什么，幸福又是什么。他说，每当忆起父亲临终时孱弱的模样以及那句发自内心的道歉，他都不禁想起童年时的灰暗岁月，所以他才会在往后的日子里对生活充满无限的感激和憧憬，也敬重任何一种生命。

之后外婆所在的村子被地产商看中，投资开发，一朝之间变了模样，堕落成了商业化十足的旅游小镇，丧失了原先的韵味。品言说，如今踏上稻城这片土地，让他十分怀念和外婆相依为命的那个美丽的小村子。那些听着田埂间的犬吠，与溪水里的鱼虾嬉戏玩乐，在大片的松树下和小伙伴们捉迷藏的时光，一去不复返了。

说完这席话，品言探过身来对静禾说："好啦，不矫情了，我也不知道我怎么会突然忍不住和你说起这些。"静禾知道，品言只是外表看起来粗枝大叶，其实是个内心纤细敏感的大男孩。想着他以前经历过的磨难和现在的迷惘，静禾对他突然生出几分怜悯，他也是和自己一样有着难以磨灭的苦痛的。

他们和老爷爷聊天才知道，宁儿的遭遇竟也和品言很相似。宁儿的父母在外务工时因为一场惨烈的车祸双双去世。宁儿打小便和别家的孩子不太一样，宁儿的这种遭遇和他具有的与年龄不符的隐忍着实令人心疼。

因为相似的童年，品言待宁儿宛如亲弟弟，他背着宁儿越过山丘去摘野花，卷起裤腿在溪水中嬉闹，玩得不亦乐乎。

快乐的时光总是短暂的，似乎世间所有的相聚都是有期限的，时间到了就得分别。临行前，老爷爷和宁儿送他们到村口，宁儿沉默不语，强忍着不舍故作坚强地挥手和他们道别。品言走出村口后，又掉回头朝宁儿跑了过去。静禾看着品言俯身下去安抚宁儿，又将他手腕上的那串佛珠取下，转戴到了宁儿的手上。

在远处的静禾虽然没有听见他对宁儿说了什么，但心中大抵知道，品言希望将自己最好的祝愿留给宁儿。

　　那一刻，静禾对这个男孩开始有了种难以言说的情愫。

　　原来人与人之间的缘分与遭遇都有着莫名的共性。离开的车上，品言想起宁儿还会哽咽，他说："老爷爷日渐年老，总会在宁儿的前面走的，宁儿的以后又将何去何从呢？下一次我一定还会来看望他。"

　　他们两人又沿着青海甘肃大环线放肆地走过了 1600 公里，从天空之镜茶卡盐湖到兵城格尔木，一直到海拔 4768 米的昆仑山口，还见到了带有神秘色彩的藏羚羊。

　　一路走走停停的旅程共持续了九天。虽然认识不久，但彼此都把对方当成了熟悉的好友，品言更是对静禾无话不说。品言对静禾也有疑问，他问静禾："为何你从来不会提起你的任何事呢？"静禾都以"我比较擅长做倾听者"来回答，品言便没再追问。

5

　　静禾记得，有一次品言突然问她："如果你的生命只剩下一天，你会做些什么？"

　　静禾说："一个人在生命最后一刻想做的事，一定与生活里那些心存亏欠和遗憾的事脱不了干系，也和那些因为种种原因而一直被搁浅未能实现的意愿有关吧。"

　　品言说："在很多人的内心深处，还是更想把最后一天的有限时光用来陪伴最亲近的人和物吧，而这些最亲近的人，大抵就是那些时常拌嘴却彼此相伴的亲人和爱人，以及那些肝胆相照、兴趣相投的友人，甚至还包括那一方在年轻时想要拼命远离的故土。也就是所谓的一切凡尘喧嚣终将会随着生命的消逝而归于平静，毕竟世俗身外之物，生不带来死不带去，唯独临走之前那一眼的眷恋最弥足珍贵。或许，无论人多么痛恨这个充满不公和寂寥的世界，离开之前还是希望能多看两眼！"

如果你的生命只剩下一天，你会做些什么？这个问题在午夜梦醒后便一直回荡在静禾的脑海里，似乎是品言在告诫她，要将这种假设带到现实中来鞭策自己，让她对生命心生敬畏，更不要将人生的遗憾和亏欠都留在生命将要殆尽的那天。这也是品言留给静禾最后的独白，更是品言教会她的事。

在回程后的第三天，品言对她说："我喜欢你，我们能不能在一起？"

6

静禾很少和任何人谈论自己的过去，总是刻意回避。

她曾经深爱过一个男人，这个男人在她情窦初开时给了她最热烈的爱和憧憬，最后又亲手将其撕碎。

她记得他很喜欢《梦一场》这首歌，连手机铃声也是。

这个男人是她摄影专业的导师，留着平整的寸头，身上散发出一股淡淡的烟草味，有着坚实的肩膀和清晰的五官轮廓，对事物有着独特的审美，拍出来的照片有一种难以言喻的美感。那时的他是座迷人的岛屿，面对他的诱惑，她毫无招架之力，孤注一掷地将自己的身心交付给了他，甘愿做他隐秘的情人，不苛求任何名分。

静禾一直不喜欢医院，甚至可以用厌恶来形容。医院里充斥着各种化学试剂和呛鼻的消毒水味，加上人群的躁动不安、说着呓语的病人，还有病床前生离死别的恸哭，都让她觉得十分害怕。她觉得无论一个人拥有怎样的体魄、手腕、地位、荣誉，在面对疾病的时候，通通都无济于事。这种无能为力的苍白感，让人崩溃，似乎在病魔和死神的面前，人所做的所有努力和抵抗最终都会被它们不费吹灰之力地摧毁。

　　静禾还是鼓起勇气独自去了一家妇产医院，他说过他会陪她做手术的，等了将近两个小时还未见他的影子，打他的电话也一直无人接听，静禾却还为他编织百般借口，诸如"他一定是很忙""他或许是在开会"等自欺欺人的理由。

　　后来，静禾试着慢慢忘记这段苦涩的回忆，装作什么事都没有发生，偶然间听闻他去了其他大学任教。

　　静禾觉得自己是残缺的，这种情绪让她不敢再轻易去爱谁，或者说，她觉得她不配爱谁。所以在品言向她深情表白的时候，她脱口而出："我们还是做朋友。"

7

　　这一晚静禾终于听清了那首《梦一场》后面的歌词："荒唐的是我没有办法遗忘。"虽只是残存的记忆，也足以让她在这样的夜晚，忍不住再次想起那些痛苦往事而潸然泪下。

　　她知道在这偌大的城市里，还有无数和她一样的人，试图在梦里逃避现实的不安和困顿，追寻一丝安定和快乐。可一切都会像歌里唱的那样，"早知道是这样像梦一场"。对，梦一场，醒过来才是唯一的出口。

随着窗外天色渐亮，无论这个夜过得是否安稳，内心的暗潮又如何翻腾，静禾知道，自己都一样要整理好心绪，继续忙于生计。

看着品言的信件，静禾觉得，无论在人生中失去了多少明月星辰，抬头看看朗朗白日，都还是残忍得那么美丽。那么就把一切爱与恨都交给时间，结果如何，静禾都不想再去追究。

8

翌日，正逢愚人节，是张国荣的忌日，网络上弥漫着各式各样怀念他的句子和视频。静禾突然想起第一次看《春光乍泄》就是和品言在异乡的旅店里一起看的。

电影里，黎耀辉站在瀑布前说："我终于来到了瀑布，我突然想起何宝荣，我觉得好难过，我始终认为，站在这儿的应该是两个人。"

可这一切，再也没能从头来过。

（作者／瑞卡斯 Ricas）

我的脸盲症女友

1

我是在和范范第三次约会的时候才知道她有脸盲症的，那时候我双手插兜微笑着朝她走过去，她却半天没有反应，只愣愣地看着我。我以为她在和我闹着玩儿，也就站定，面不改色地看着她。我们就这样相互看了几秒钟，她却转身要走，我一把抓住她说："你跑啥？不认识我啦？"

范范拍了一下我的手叫道："那你干吗盯着我半天不说话？我以为是坏人！"

我觉得有些好笑，就说："搞什么，我是你男朋友啊，你不认识啊？"

范范有些急了，说："对啊，你不说话，我当然不认识你，你今天的打扮又和往日不一样，我哪里认得出来。我有脸盲症你不知道啊？"

这下该我发愣了，我说："我真不知道你有脸盲症。"

那天晚上，我们在饭店里从 6 点坐到了 9 点，范范给我说了很多有关脸盲症的知识，以及她曾因脸盲症发生的一些糗事。

在这之前，我一直以为脸盲症只是分不清某些人的长相而已。但范范告诉我，脸盲症患者看所有人长得都是一样的，即使至亲的人也是如此，只能通过身材、发型以及衣服的颜色等外部特征来分辨一个人。范范小的时候，因为几个月没有见到爸爸，再见到的时候，爸爸去抱她，她居然哇哇大哭，还踢他打他，说他是坏人。大学的时候，范范一家去北戴河旅游，在水里玩完的她跑上来拉住一个陌生女人，叫她"妈妈"，那个女人莫名其妙，但还是笑呵呵地买了水给她喝。

看着范范一本正经地说着这些在常人看来难以想象的事情，我打趣地问道："那是不是某一天你也会不记得我？"

范范认真地点点头说："如果你换了发型眼镜衣服什么的，我肯定认不出来，就现在来说，我都觉得你和路人没有区别。"

我不死心，追问道："难道我就没有什么让你觉得特别的地方吗？"

范范还是同样的认真脸，说："有啊，感觉，你给我的感觉和别人给我的感觉不一样。"

我问："什么感觉？"

范范说："在乎！我感觉到你很在乎我，我同样也很在乎你。"

这时候，范范的手机响了起来，她看了一眼，把食指放在嘴边，示意我安静。她接起电话，叫了一声妈。我一边埋头吃东西，一边竖起耳朵听她打电话。

"和朋友吃饭呢……我不是说了吗，我不想去相亲……28岁怎么啦，好多人28岁还没毕业呢……我一会儿就回家……"

范范终于打完了电话，我抬起头微笑着问她："你妈在催你回家呢？"

范范说："是啊，你陪我出去打车吧！"

目送范范的出租车扬长而去后，我走在晚风习习的街道上，心里有些难过和忐忑。

我24岁，范范28岁，我们在一起有一个多月了，但因为工作忙和距离的关系，我们只见过三次面，都是在周末各自有空的时候。范范刚换了工作，在一家几百人的大公司当总经理助理，我在一家创业公司每天都忙得晕头转向。她住房山，我住朝阳。这些现实因素让我感到无能为力，很多时候，我们所谓的在一起，大多是思念比见面多。

在决定和范范在一起之前，我有过很多顾虑，她已经到了应该结婚成家的年龄，而我这个刚毕业不久的人显然不是她的选择。范范看出了我的顾虑，她对我说："没关系，我再等两年结婚也没关系。"

我说："那你可就30岁啦！"

范范一本正经地看着我，说："那你愿意我随便找个人结婚吗？"

我赶忙说："当然不愿意，你得和喜欢的人结婚。"

范范一脸嫌弃地看着我，说："那不就得了。"

后来，我一直用"头脑发热"来解释我们在一起的这个决定，我潜意识里也明白，我们不是同路人，不应该开始。只是，感情这种事情，谁说得准呢？没准努努力，就能战胜所有的世俗和不可能呢？

范范的话给了我很多力量，那一刻，我相信我和她的未来是灿烂无比的。

只是这种状态并没有持续多长时间。有一天给范范打电话，我听出了她言语里的不开心，便问她发生了什么事情，她叹了一口气，告诉我，每周她妈妈都会安排她去相亲，这半年来她见过无数个男人，在世俗的标准面前，这些男人都是很好的结婚对象，他们非富即贵，有房有车，即使半辈子不工作，也能生活得比普通人好。但范范说："我不喜欢他们，他们每个人都长得一模一样，给我的感觉就像是在街上遇到的一个问路的陌生人，那种感觉，你能懂吗，沙柳？"

我说我懂。

然后我们的对话陷入沉默。我知道范范要什么，她背上的压力我也一清二楚，可我说不出口，因为我知道我做不到，我没有存款，没有房子，也没有车，如果让范范和我一起生活，她只会受苦。

这件事成了我心里的一个疙瘩，让我郁闷了好久。我开始想，和范范开始真的对吗？

就在我东想西想的时候，身后突然有刹车和开门的声音，我转身，看到了从出租车后座出来的范范，她冲过来，抱住我。

我有些莫名其妙，问她："你这是怎么了？"

她抬起头，严肃认真地看着我说："是不是多想啦？"

我一愣，她又说："我知道你不高兴我妈经常安排我相亲的事情，我刚才就感觉气氛不对，怕你多想，干脆折回来告诉你，不要担心，我的心一直在你这里，不管我见过多少男人，他们都是路人甲，只有你才是真正的主角。"

我把范范抱得紧紧的。既然范范都不担心，我还害怕什么呢？

之后我和范范的感情趋于平稳，有时间就见见面，没空的话就打电话，发微信视频之类的。我知道她还在听从妈妈的安排去和各种各样的男人相亲，她虽然很不情愿，但不想惹妈妈生气，就只能假装顺从，经常用最短的时间和男生见面，随便找个借口溜走。回来后，范范还会和我吐槽那些男人的各种趣事，权当我们的谈资。

范范说："见了那么多男人，可我总感觉只见了一个人。"

2

范范第一次和我哭泣是在她被公司辞退以后，那天她给我打电话，声音委屈地说："我被公司开除了，他们说我太不懂礼貌，可是这能怪我吗？"我安慰她，叫她不要哭，好好说。

范范说，因为脸盲症，她总分不清公司同事的长相，对她来说，几百号人都是一模一样的。有一天，总经理带了董事长和其他几个投资人来公司视察，作为助理的她以为只是几个普通同事，从他们面前走过的时候没有打招呼，总经理叫她，她也只是点了下头就走了。实则总经理是想让她给董事长介绍一些公司的业务，结果她完全不理人，自顾自地走了，这让总经理好生尴尬，董事长也只是笑了一下，说："你的助理真能干。"董事长走了以后，她被总经理狠狠地骂了一顿，之后总经理叹了口气，对她说："董事长对你印象不好，你不用来上班了。"范范想解释些什么，但总经理只是摆摆手。

我问范范："难道你们公司的人不知道你有脸盲症吗？"

范范抽了抽鼻子说："不知道，我也从不和别人说，除了爸妈和几个好朋友之外，没人知道我有脸盲症。我不敢告诉其他人，怕他们像看怪物一样看我。"

我说："你别着急，我一会儿下班了就过去。"

范范说："可是今天下雨，你过来还那么远。"

我说："没关系，我手上还有个急事儿，忙完了就走。"

范范说："好，我等你。"

我急急忙忙做完手上的活儿，和上司打了一声招呼就走了。我走到公司楼下，外面是瓢泼大雨，哗哗地下着。我没有犹豫，用衣服盖住脑袋，朝地铁站跑去。我在地铁上和范范发微信，报告我的行程，以及可能到达的时间。

范范说："现在雨太大了，我妈妈要开车来接我，顺便也帮我把公司的个人物品带走。晚上的时候我可能出不来，你到我住的这边来吧，楼下有个全时便利店，我们可以在那里见面，到时候我找个机会下去。"

我说："行，你把地址告诉我，到了我和你说。"

出了地铁后，雨似乎更大了，我在地铁口那里买了一把伞，举着伞朝范范发来的地址走去。那天的雨真是大，我的鞋子和裤脚全部打湿了，重重的。

我到了范范楼下的全时便利店，发微信给她，她给我回了一个大哭的表情，说妈妈不让她出门，看样子她是出不来了。

我说："哦，没关系，你家在几楼，我去你楼下吧，你来窗户边，我想看看你。"

范范说："我住五楼，你绕到全时的左边，从那里能看到我房间的窗户。"

我绕了过去，抬起头，五楼的一个窗户亮着，窗帘也敞开着，那里站着一个披着长发的姑娘，是范范。我朝她挥挥手，她也朝我挥挥手，又跳了跳脚，特别激动的样子。

范范给我发微信："真抱歉，不能下来见你。"

我说："这样也挺好的，至少没有白跑一趟。"

于是，我们就这样相互看着，她在五楼的窗户边，我在楼下打着雨伞，然后用微信说着话。

我说："你明天开始不用上班了，就在家休息一段时间吧，好好玩一阵儿，别去想工作上的事情了，都过去了。"

范范说："是的，我正好去健健身，嘿嘿。"

我问她："你上班也好几年了，以前遇到过这种情况吗？"

范范说："没有，一是我之前做的工作都不用和太多人接触，二是我见每个人都笑，尽量不把'这是谁？我之前见过吗'的心理活动暴露在脸上，没想到这一次却不小心栽了。"

那天的雨越下越大，范范怕我感冒，劝我赶紧回家。那天，我们见面的时间只有十多分钟，我甚至还没有看清她的脸，就又坐地铁打道回府了。

第二天醒来，我出门去上班，马路上和小区里到处都是积水，很多地方都要垫着砖头才能过去。回想起昨晚的一切，我却是幸福又喜悦的。

我想，我们这么相爱，未来一定会是很美好的吧？

3

和范范约好了见面的时间，可惜因为去给她买东西耽误了，晚了十分钟左右，我满怀歉意地小跑着，希望范范不要介意。但是到了地方，我发现范范在和一个男人拥抱接吻。我先是头脑一片空白，然后心里感到麻木，最后没有了感觉。

我猜想可能是范范认错人了，但看她笑得那么灿烂，我有一种庆幸，替她。也是这时候我才发现，对于她去相亲这件事情，我是如此的介意。

当自己心爱的姑娘去和别的男人相亲，而自己只能站在一旁的时候，任何一个男人都会感到屈辱。更重要的是，她不能把你介绍给她至亲至爱的人，你无法在她家人面前出现，你只能待在暗处，因为你还不够强大，在那些关心她的人眼中，你不能给她一份安定和妥帖的生活。

以前沉迷在和范范的热恋中，我想不到这么多。而今天所见刺激了我，我开始严肃地想，和范范的这段恋情会有一个怎样的归属。

我必须承认两个事情。第一，范范今年28岁，比我大4岁，按照正常的人生过程，她现在到了应该结婚的年纪，或者是正准备怀宝宝的时候，而目前和她恋爱的我，并不具备给予她这种生活的能力；第二，我们的人生早已过了校园单车白衣飘飘不知柴米油盐贵的年纪，喜欢的人一个微笑就能让自己高兴好几天这种事情再也不会发生了，我们有工作，有错综复杂的人际关系需要去面对，迈入了新的人生阶段。

刚刚和范范拥抱接吻的那个男人，单从气场和外貌上看，就比我更有能力。如果真的是范范认错了人，而他比我更适合她的话，我倒是希望她能一直这样错下去。

当我有了这种想法以后，心里淡定多了。整理好思绪，我朝家的方向走去。

4

其实我还是很忐忑的，我仓皇地等了一个星期，而范范并没有联系我。

慢慢地，我真的淡定了。

我不知道他们两人究竟发生了什么，但我觉得，他们也许把故事延续下去了。

我每天都会看范范的朋友圈，看她更新的内容，她平均一天发一到两条内容，但大多都是沿街拍的风景和小视频、自己健身的照片或者一些励志的鸡汤。这些内容很平淡，从这些内容里我窥探不出她的感情生活和内心世界。她没有提到我，也没有提到他，我不知道她在想些什么。这种感觉很奇特，我和她都像在刻意等着某些事情的发生。

那段时间，我也尽量做到悄无声息，不发任何一条朋友圈，也不逛微博，怕留下痕迹。

这样的状态一直持续了三个月。

这三个月的时间冲淡了很多东西，加之北京的生活如此繁忙，我也很少再想起范范，以及我们那段不知道是否已经结束的感情。

不上班的时候我通常会熬夜看看书或者美剧，大概凌晨一两点才会睡觉。周六的晚上，我正在看电影，突然收到了范范发来的微信消息。

故事肯定会有一个结局，我以为自己心里多少会有些颤动，但没想到自己如此平静。

范范说："你最近好吗……事情你是不是都知道了？"

我说："是的，那天我看到了。看你笑得那么开心，我就走了。"

范范说："其实我一直没有告诉你，在爱着你的时候我还在和另外的人有接触，是我之前的一个相亲对象。他的条件不是相亲对象里面最好的，但对我很温暖、绅士，他应该是那种所谓的暖男吧。和他相亲结束以后，我并没有删除他的微信，甚至偶尔还聊一会儿天，因为有你在，我也没有想过和他发生些什么。"

她说到这里，停顿了会儿，又说："沙柳，还记得那天晚上的大雨吗？你站在楼下打着雨伞，那么大的雨，你的裤子鞋子全都湿了，我很心疼你。"

我没有说话，听她继续说："你走了以后，我整整想了一夜，我很愧疚和自责，如果没有我，或许你就不会冒雨来看我；如果没有我，你就不会有那么大的压力；如果没有我，你是不是会过得轻松一些？后来，我想，不如我们就此分开吧，这样你应该会过得好点。于是，那天我同时约了你们两个人，在你快到时我演了一场戏给你看。

"你肯定会问我，脸盲症怎么认出你的吧？那天我特意要你穿我买给你的那件外套，就是为了认出你。我确定你看到了一切，当我再转身看向你的时候，你已经走了。那一刻，我内心是很痛苦的，但我又明白，这或许是我们感情最好的结尾方式了吧。"

很奇怪，我并没有觉得范范做的有什么不对，我的情绪特别稳定，虽然故事和我想象的并不一样。

范范接着说："其实，那天也是我和他的第一次约会。他很会说话，也很会哄人，给我一种'是我先生'的感觉，而你只给我一种'男朋友'的感觉，两者相比，他更温馨一点，虽然我很在乎你，但是……"

我内心依旧很平静地说道："我知道，我理解，你不用解释那么多，你幸福就好。"

对于不能保护的人，应该给她自由，让她有更好的归宿，而不是攥在手上，这不是爱。所以，不管怎么样，范范能幸福就好，其他的都不重要。

之后，我们聊了很多无关痛痒的话题，像两位很久未联系的朋友一样，说了很多话。

我想，这下故事应该尘埃落定了吧？

我已经变成了路人甲，而主角，已经有了新的人选。

5

2016 年年末，范范的朋友圈发了一张婚礼请帖的图片，说元旦那天要举办婚礼，上面写明了举办婚礼的酒店以及乘车路线，背景是穿着婚纱的她和新郎的结婚照。

我犹豫了一阵，还是决定去参加她的婚礼，我想看她穿着婚纱的样子，还有她幸福的笑容。

婚礼当天，我混在人群里，周围的人我一个都不认识。

穿着婚纱的范范很漂亮，那天的她应该是世界上最美丽的女人。她的丈夫正是那天和她拥吻的那个男人，这次我清楚地看到了他，看起来年纪比她要大好几岁，很成熟稳重，举手投足间都透着让人安心的感觉。

他们敬酒的时候，范范看了我一眼，不过是一扫而过。我很确信，她并没有认出我来，对她来说，那天去参加她婚礼的人都长得一样，而她对我的那种"在乎"的感觉，应该早已消失殆尽。

回去的路上，我心里很踏实，有种如释重负的感觉。

晚上，我正在看一份策划案，手机响了起来，居然是范范给我发来的短信。

范范说："今天我结婚，不知道你晓不晓得。在婚礼现场，我看到一个人，感觉很像你，不过是不是你都无所谓了。我给你发这条短信，是因为我的生活要迈入一个新的阶段了，而你，正是我想告别的人。说实话，我曾想过和你走到最后，但现实是这样残酷。在遇到你之前，我的感情生活一直是在'被相亲'中度过的，相了多少个男人我自己也记不清了，在我看来他们长得都一样，直到你的出现，才让我明白爱情是什么。可是，又有什么用呢？也许是你出现得太晚了，又或许我们原本就不该在一起。不过都过去了，我应该对你说一声谢谢，虽然并没有结果，但也没什么可惜的，曾经拥有过，就足够了，和你相处的这段时间会成为我的一段非常美好的回忆。希望你以后能成功，有自己想要的生活，也希望你能好好照顾自己。我会幸福地活着。"

我看着手机，笑了，笑着笑着又流出了眼泪。

亲爱的范范，愿你余生安好，幸福健康。我也很感谢你，感谢你来过我的世界，感谢你给予我的欢乐和温馨。我不遗憾你的离去，因为那是你奔往幸福的方向。

（作者／程沙柳）

188

三人游

1

从 KTV 出来的时候，我将茗拽到最后，挤眉弄眼地悄声说："时机到了，好好把握。"他一脸醉意，走路摇摇晃晃的，显然没听明白我的意思，歪着头问我："什么时机？"

我偷笑，拉他走到紫薇旁边，帮他俩牵线："紫薇，等下怎么回家？我记得你和茗住得挺近，正好让他送你啊，这大半夜的，一个人太危险。"

"啊，不用啦，不用送我。"紫薇还是那么漂亮，笑起来两个浅浅的酒窝，眼睛像弯弯的月牙。

我以为她在客气，又说："这有啥，茗反正也没事，就让他送你吧。"我暗里用手掐着茗的胳膊，示意他表个态。

茗却一副不耐烦的表情，好像想赶紧逃离这里。

"真的不用，我男朋友一会儿接我。"紫薇笑着说。

我扭头看看茗，他脸上的青春痘泛着红光。我俩目送紫薇上了一辆凯雷德。车绝尘而去，我俩呆立在原地。秋日的深夜，风很凉，原本穿得就单薄的我们，在风中瑟瑟发抖。

"她什么时候有的男朋友？"我问茗。

"一直都有啊。"茗耸耸肩，将手揣进兜里。

"还是上次那个？不是分了吗？又和好啦？"

茗点点头，从兜里掏出一包烟，点上。

我的问题显出我内心的阴暗。但事实确实如此，紫薇与她男友的爱情，曲折得可以单独写一本长篇小说。

分分合合，合合分分，看紫薇的朋友圈，好像在看琼瑶的电视剧，画面感超强。往往前一秒钟还是苦情戏：我的眼眶里噙满了泪水，你高扬的手臂终究没能落下，我们都是倔强的孩子，失望久了就是再见。下一秒钟画风就欢乐成了爱情喜剧：手是给你牵的，怀抱是属于你的，我们都要好好的，不离不弃。再下一秒，我想点进去看看事情的经过，却发现她已经把朋友圈删得干干净净，就一张空白的背景图，上面写着：没有人真正懂得什么是爱情。

的确，我不懂他们的爱情，茗也不懂。我只是替茗感到惋惜。

2

茗喜欢紫薇。除了紫薇自己不知道，全班人都知道了。

这个桥段被我们从小学演绎到大学毕业，十六年过去了，大家依旧没有忘记。聚会的时候，纷纷拿他们开玩笑，饭桌上安排他们坐到一起，KTV里，故意起哄让他们对唱情歌。

茗很老实，憨憨的，从来不生气，只是每次提到"紫薇"两个字的时候，他脸上的青春痘都泛着红光。

茗的青春痘从小学就有了，他发育早，长得特别高特别壮。因此班主任将紫薇安排和他同桌，方便他照顾她。

紫薇并不是一个残疾人，她只是小学刚入学的时候，胳膊不小心摔骨折了，她是全班唯一一个吊着绷带报到的孩子。

　　男生都有保护欲，尤其是面对一个受了伤的瘦弱女孩儿时。开学后，茗担任起了大哥哥的角色，紫薇的身边永远跟着保护她的茗，她去哪儿，他就去哪儿。紫薇上下楼，茗在旁边替她挡开乱跑的熊孩子们，紫薇去小卖部买辣条，茗挤开人群拿着零钱替她买，紫薇去操场旁边的女厕所，茗踩着门口的台阶跳上跳下等她出来。

　　后来紫薇的胳膊好了，能灵活地自由活动了，茗却没有改掉保护她的习惯，依然在每天放学后将她送到校门口，看着她爸妈来接走她，他才安心离去。紫薇似乎也习惯了他陪在她身边，他们住在同一个老小区里，紫薇经常在楼下喊茗，然后两人一起去公园爬一架高高的飞机模型。

　　茗说那时年少，不懂什么是爱，或许就是对她有好感，那种感觉应该叫作喜欢吧。但他一直没有告诉她，因为他不确定她是不是也喜欢他。

　　茗和我说，他到现在还清晰地记得，有一天他鼓起勇气走到紫薇的门前，抬手准备敲门时，突然想和自己打个赌。他和自己的赌约是，在心里默念 1 到 10 这十个数字，如果恰好十秒钟后紫薇把门打开，那就代表她也喜欢他。

　　"门开了吗？"我好奇地问他。

　　"开了。"他抽了口烟，说道。

　　我的眼睛顿时亮了，感叹世间竟有如此心有灵犀之事。

　　"是她妈妈开的。"茗吐了一个烟圈，接着说道。

　　或许从那时就已经注定，他们之间不会发生爱情。

3

高考前，我们几个发小还经常聚会，毕竟都在同一座城市，寒暑假经常一起去玩。茗和紫薇的关系还和从前一样，不远不近，像歌里唱的那样，"友达以上，恋人未满"。

作为茗的好哥们，我极力怂恿他快去表白，再不表白就没机会了。茗每次都笑笑，一副无所谓的样子，他脸上的青春痘越来越多了，一个个泛着红光。

上了大学后，大家各奔东西。茗和紫薇去了西安，我留在省内。

各自忙碌后，联系越来越少，只是偶尔在朋友圈看到他们发的状态。尽管他们还在一个城市，但毕竟不同校，联系也没有那么密切。紫薇有了新的社交圈子，茗也融入了自己感兴趣的社团，我则在不咸不淡的生活中阅读着别人精彩的人生。

不知从何时开始，紫薇恋爱了，在和她确认消息的真实性后，我第一时间告诉了茗。茗好像早就知道了，并不感到惊讶，只有我在电话这头干着急。

"怎么回事呀？这才几个月她就有了对象，还是学生会主席，你竟然能沉得住气！你到底有没有和她表白，你喜欢她这么多年，她不会一点感觉都没有吧？"

"你就别瞎操心了，我不喜欢她。"他淡淡地说。

"放屁！不喜欢她，她每条状态你都点赞？不喜欢她，你不顾一切要去西安上大学？不喜欢她，昨晚你为什么喝酒喝到凌晨才回宿舍？"

电话那端沉默了。我没再继续，挂了电话。

第二天，我买了去西安的火车票，十三个小时的硬座，我一夜没有合眼。

见到茗的时候，我不敢相信自己的眼睛。他整个人瘦了一大圈，原本壮实的身材变得和电线杆一样，似乎风轻轻一吹就能吹倒。他的头发很久没有打理，都黏在一起了，下巴上的胡楂也密密麻麻。最严重的是他的青春痘，已经布满了他两边的脸颊，蔓延到了脖子。

燕麦片那么大的青春痘，一个个都泛着红光，生机勃勃。

我看见他就捶他，眼泪刷就下来了，边捶他边哭道："不就是失恋吗？至于毁容吗？你看你的脸，都要烂了啊……"

他最怕女生哭了，我这一哭，他立马手足无措起来，说："哪有这么严重，我妈说了，叫我找个女朋友就好了。"

我扑哧一声，破涕为笑。

"别动，"我踮起脚尖，仔细看他脓肿的皮肤，"不行，你得去医院看看，这不像是普通的青春痘，平时疼吗？"

"有点，不过还好啦。"他还是无所谓的样子。

在我的再三坚持下，他终于答应去医院做个检查，没想到一检查，才发现不是普通的青春痘，而是很严重的毛囊炎，淋巴系统排毒薄弱，毒素堵塞毛孔排不出去，需要手术治疗。

他刚开始还坚持不手术，但估计是疼得厉害，他说一碰就和针刺一样，便听从了医生的意见，开始进行为期一个月的手术治疗。

请假期限到了，我回了学校，留他一人做每周两次的手术。医生说，手术很疼，需要切破皮肤，排除毒素，还不能打麻药，因为很多溃烂的地方麻药渗进去容易感染。

我担心他一个人承受不了，就给紫薇发消息，让她没课的时候陪著一起去，最起码有个人在身边，他能不那么难挨。可是紫薇说她太忙了，医院又太远，恐怕没有时间。

我突然想起，有天晚上我们吃完饭，紫薇的肚子突然绞痛，是茗将她横抱起来坐上出租车，一路奔到医院的。那天晚上，他守着床，盯着滴答的吊瓶熬了一整夜。

我没有告诉茗，我怕他听了会难过。

4

那晚，我和茗默默走在路上，一直到他家小区门口。

"这么多年，你还住在这里。"我环顾四周，熟悉的一草一木，几乎没有变化，只是都蒙上了一层陈旧的灰。

"是啊，紫薇都已经搬走了，我却还守在这里。"茗叹了一口气。

我不知道该说什么，和他道了晚安，挥手离开了。

转身的时候，我想起他在 KTV 唱的一首歌，是方大同的《三人游》：就算你的爱属于他了 / 就算你的手他还牵着 / 就算你累了，我会在这 / 一人留，两人疚，三人游 / 悄悄地，远远地，或许舍不得 / 默默地，静静地，或许很值得 / 我还在某处守候着 / 说不定这也是一种幸福的资格 / 至少我们中还有人能快乐 / 这样就已足够了……

5

大学毕业后，大家约好一起回到家乡聚一聚。恰巧聚会的那天，《大鱼海棠》刚上映，吃过饭，一行人便去了电影院。

因为没有提前订票，位置不是最佳，我在一排的最里面，旁边是紫薇，紫薇的旁边是茗。

这是一个绝佳的机会，也是他最后的机会了。

电影结束后我迟迟没有离席。紫薇摘下 3D 眼镜，说："看得我这个尴尬，剧情毫无逻辑，台词生硬可笑，讲了半天是个三角恋啊，湫这个大备胎真可怜。走吧，你怎么……天啊，你竟然哭了！"

我赶紧抹掉眼泪，应着："唉，走。"

湫说，我很后悔那一晚没有紧紧抱住你。

湫说，我会化作人间的风雨陪在你身边。

6

第二天一早，我俩送紫薇去机场。昨天确实是他最后的机会，但他没有握住。

"为什么不劝她留在国内？"我不解。

"异国恋太痛苦了，我不想她受苦。"他望着紫薇离开的背影喃喃道。

茗在紫薇和男友吵架后，第一时间送上安慰与劝解，每次都能让两个人濒临破碎的爱情重归于好。紫薇的男友毕业后要出国留学，茗劝紫薇努力学习，两个人可以一起赴澳大利亚墨尔本进修。

湫说，在这世上我最怕的，就是让我爱的人受苦。

傻茗，傻到家了。和湫一样。

可我又何曾不傻呢？

爱一个人，攀一座山，追一个梦。

我用了十六年，也没有结果。

7

我在心里默数：

十，那年我故意跑到紫薇面前挡着路，只是想让你注意到我。

九，那年你去小卖部帮紫薇买辣条，我一定要和她抢着吃。

八，你尾随紫薇回家，我尾随你。

七，因为高考失误，没有人知道你上的那所大学是我填的第一志愿。

六，你的每条动态我都点赞。

五，哪怕坐一晚上硬座，我也要第一时间陪着你。

四，你脸部手术不能见光，我买了一大盒口罩快递给你。

三，你手术期间，我每天给你打一通电话。

二，希望你幸福，所以在你追紫薇的时候我给你加油打气。

一，如果此刻你回头，我就向你表白——

我喜欢你很久了。

8

"走吧？"我问茗。

"再等等。"他说，眼睛却一直望着紫薇离开的方向。

他始终没有回头。

（作者／孟祥宁）

傻傻的姑娘运气好

1

我在宿舍排行老二，因为看上去有些傻乎乎的，所以室友们常用一种很戏谑的口吻叫我"老二"。因为听着太怪异，在我央求之下，她们才改口叫我"小二"，结果还是总觉得哪里不对。

刚上大一的时候，女生们对爱情十分憧憬，只要有男生来约，只要对方看着不那么恶心，就会屁颠屁颠地答应，我也不例外。我们班的班长在第一次班会的时候，语重心长地提醒那些痴迷于游戏，对精心打扮的女生看都不多看一眼的男生说："同学们，我们班只有九个女生，肥水不流外人田啊，大家要行动起来。"

男生们终于抬起头，有些人眼睛发亮地把所有女生挨个看了一遍，有些人目光呆滞接着低头打游戏。

班长又盯着那些眼睛发亮的男生说："如果是谈恋爱，请大家一定不要打一枪换一个地方，要发挥电钻精神，逮着一个就一定要钻到底。"

全场静默三秒钟之后，爆发出了雷鸣般的掌声。

我没有想到班长锁定的第一个目标会是我，所以在他约我看电影时，我有点蒙。多年后他告诉我，其实他选我，跟传言中的"眼缘"和感觉什么的一点关系也没有，纯粹只是因为我看着最呆，最好得手。

　　确实，那时我连谈恋爱到底是什么都不知道。

　　或许，那就跟交朋友差不多吧，不然怎么叫男朋友、女朋友？我自己这样琢磨着，却不好意思问别人。

　　到了电影院看见电影预告上有恐怖片的时候，我立刻选了恐怖片。因为长这么大，我还没看过恐怖片。

　　班长意味深长地看了我一眼，然后一整场电影他都身体紧绷，随时准备着我会尖叫着扑到他怀里。他猜到了开头，却没有猜到结局，我确实被吓坏了，但没有任何动作，因为我已经被彻底吓傻了。开场三分钟，银幕一个女鬼跳出来的时候，我就已经处于脑回路被烧坏的状态，瞪大了眼睛，眼神空洞，一动都不敢动。

　　"那个呆子原来是个老手，竟然会欲擒故纵这招，有意思。"班长回到寝室后跟室友这么说。

　　其实他真的误会我了，我压根没想过要扑到他怀里，倒是想过拔腿就跑，但是又怕他说我选了这个电影不看完浪费钱以后不找我玩儿，所以我才硬撑着那种怪异的姿势坚持到了散场。

2

　　一段时间后，班长发现我们之间的关系好怪异，决定不绕弯子了。一天看完电影，他把我带到了学校最隐蔽的角落。我看得出他很紧张，傻傻地问他："你是不是要跟我借钱？"

班长咬牙跺脚，一下抓住了我的手说："借什么钱？别装了。"

我本能地甩开了他的手。班长恼了，问我："你既然跟我约会，就是答应做我女朋友了，怎么连手都不让我牵？"

"我不喜欢你牵我的手。"别的事情我很迷糊，这件事情我却很清楚。虽然觉得跟他看电影吃饭什么的，没关系，但是他一离我太近，我就会浑身起鸡皮疙瘩。

"不喜欢也要牵，你是我女朋友。"

"原来这就是女朋友？那我不干了，谢谢你请我看电影。"我很坚决地回答他，然后扬长而去。

据说班长回去之后看了一晚上星星。他说我对他始乱终弃，我跟他约会只是为了看免费电影，还说我常向别人抛媚眼，所以他约我的时候，还有人给我递情书。

一个大男人声泪俱下，如果不是被伤透了心还能是什么？而且，毕竟他是第一任班长，大家觉得他说的话还是很权威的。

神经大条的我原本没有发觉异样。可是有一天，我从宿舍门口进去的时候，发现宿舍女生正激烈地讨论着什么，于是凑过去问："有什么好玩的，说给我听听？"

大家立刻停止了讨论，互相交换眼神，各自散开。这时，我才发觉不对，追着孙蕾蕾问："到底怎么啦？"

孙蕾蕾哼了一声说："啧啧，你这种手段高明的交际花，我们可不敢跟你说任何事。"

我愕然伫立，仔细回想，班上同学最近看我的眼神确实不一样。大家都在躲着我，好像我身上有致命病毒一样。

"为什么这么说?"这种莫须有的罪名着实让我很委屈。

"你就不要再残害祖国的花朵了。"孙蕾蕾说得有些阴阳怪气。

我莫名其妙,问她:"什么残害祖国花朵?"我比较粗心,绞尽脑汁回忆自己干了什么坏事。左思右想,我觉得除了动静大吵到别人睡觉以外,好像也没有做什么伤天害理的事情。

"班长那么好,你竟然玩弄他!"孙蕾蕾义愤填膺地说。

"三八节"的时候班长用班费给每个女生买了一朵玫瑰,女生们对他印象都不错。

"玩弄……"这个词像是雷声一样在我脑海里回响,让我瞬间觉得自己就是那应该被捉去浸猪笼的坏女人。

从此我变得沉默寡言。宿舍的女生不理我,我就独自进出。没人跟我玩,我就每个社团都去报名填满课余时间。

同宿舍的女生都被男孩子约走了,独独没有人来约我。其实也不是没有人给我递情书,只是我接受了教训,拿到情书看也不看就撕了。有些男生受不了,当时就哭着跑了。就算这样,依旧有我的绯闻传出来。只要跟我有一点关系的男生,便会被说成是我的男朋友。

按照他们的逻辑,如果不是我曾经对那些男生示好,那些男生怎么会跑来追我?

于是,我那见异思迁的名声越发响亮。

3

在舞蹈和篮球上,我其实没什么天赋。但是愿意花时间,下功夫吃苦练习的女生太少了,所以我竟然成功地混进了舞蹈队和篮球队。

舞蹈队老师说我的腰腿僵硬得像 80 岁的老太太，不过还好节奏感强，就做"备胎"吧。篮球队教练说我个子矮小到几乎可以忽略，不过还好灵活，那就做替补吧。

晚上大家都去逛街，约会，我除了练习舞蹈和篮球，就去上晚自习，我的大学生活也随之瞬充实了起来。

大概是因为我太刻苦，舞蹈老师竟然不忍心撤下我，在最后一天决定国庆演出名单时，他好似无意地对我说："你就站在队伍最后凑凑数吧。"

于是我出现在了国庆晚会的舞台上。摘掉眼镜，化了妆，又穿上演出服装的我，大概比平常要更吸引人。男生眼睛都直了，女生除了嘲笑外，更多的是嫉妒。

因为出了一次风头，我成了所有女生的公敌。追我的男生多了很多，多到让我害怕。班长又跳出来在男生宿舍里面宣传我的"罪行"，那些追我的男生又立刻像是被秋风吹过的树叶一样瞬间少了。

孙蕾蕾阴阳怪气地说："哎哟，果然女生还是要内在美。不过有的人就是靠化妆，外在也不见得多美。"

这一点我比别人都清楚，我长得很普通，卸了妆就是路人甲。

宿舍的赵丽娟是女子篮球队队长，她暗示教练，说我拉低了整个球队的水平。教练语重心长地对我说："你就自己平时玩一玩吧，你的水平确实不够打比赛，所以你自己退出去吧。"

我成了笑话，当了无数次比赛的替补，却一次球场都没有上过，就被篮球队清扫出门了。

那天晚上，我很想哭，却又不想被孙蕾蕾她们看见，所以就拿着篮球到了球场。

篮球场黑漆漆的，只能勉强看见篮筐。我将篮球用力地一下一下砸向篮筐，发泄着心中的郁闷和委屈。

隔壁的球场也有人在练习，动作不紧不慢，运球和投篮的声音，一听就是个老手。

有了那个声音的陪伴，我的心渐渐安定下来，精疲力竭之后，我才拿着球回去。

以后，我心里一不舒服就去篮球场砸篮筐。那个人似乎每次都在，有一天我竟然把球扔到他那边去了。

"完蛋了，黑漆漆的，说不定砸到他了。"我小声惊叫了一声，在心中哀叹。

我听见了利落的接球声，有个好听的男声悠悠地从那边传来："小姐，篮筐跟你有仇啊，要这么用力？"随后，一个拿着篮球的身影慢慢从那边走过来。

我尴尬地说："不好意思，有没有吓到你？"

看清楚来人，我忍不住瞪大了眼睛。韩楚天？校篮球队队长？这些天跟我一起练球的同学竟然是那个又帅又酷的韩楚天！

我参加的那几次比赛唯一的收获就是把篮球队所有成员都记住了。

"其实你挺聪明的，知道以你的身高在篮下突破肯定不行，抢篮板球也会被人踩在脚下，所以你才练远投。但是你这样胡乱砸是扔不进去的，要学会用巧劲儿，姿势要规范。"

其实我只是想发泄，我一点要练习的意思都没有。可是我知道，他一定把打篮球这件事情看得很神圣，我要是实话实说，绝对没有好果子吃。所以，我呆愣地回了一句："哦。"

他扬手压腕，篮球在空中画了一个漂亮的抛物线，准确地落在了篮筐里。

"哇哦！"我不由自主地发出惊叹。

"嗯，你照着练吧。"他嘴角带着一丝得意，抛下一句话就想回去接着打球。

我拿着球照他的姿势把球扔向篮筐，还是扔飞了。

他叹了口气，转身捡了球，又回到我身边，手把手教我。

我的心扑扑乱跳，脑子里也是懵懵懂懂的，完全不知道自己后面干了什么。

回到宿舍躺在床上，我才意识到，传言中那个内向寡言的校草，竟然主动来教我打球了！果然传言不可信。或者说，是我打得实在太差劲了，让他都看不下去，才破例教我。

4

学院要举行三人篮球赛，一个班男女各一个队，可以请外援。

我热切地表达了想要为班级做贡献的意愿，可是没有人理我。

也是，这种出风头的好事，赵丽娟、白素和孙蕾蕾她们是绝对不会让给我的。

让我惊喜的是，有个班的人找到了我。她们说，她们班一共才两个女生，所以想要邀请我帮忙凑足三个人。我憋着一口气，立刻就答应了，然后干劲十足地开始练习了。

只是我们的队伍真是惨不忍睹，一个连球都不会拍，一个更好玩儿，只要有人靠近，她就会吓得把球都扔了。

我们一定是最后一名。我好泄气。

晚上，我照例去球场，每天都来教我打篮球的韩楚天跟我说，三人篮球赛跟正式篮球比赛不同。从中场发球，运球距离很短，哪个队率先投进三个就算赢。专业的篮球队员接到球之后会直接三步上篮，因此我们要按照常规打法，根本就没有胜算。所以，我们要出奇招。

我问什么奇招，他却说保密，还要我只管练好三分球，其他什么都不用管。

我在他嘴角看见一丝坏笑，忽然觉得就算是输，我也要上！

比赛那天我好紧张。我用五毛钱打赌，我们有 80% 的可能会在第一轮淘汰，只有 20% 的机会能挨到第二轮。

开场后，我们抽到了先发球。在场边观战的韩楚天，对我指了指三分线和中线，我忽然明白了。

我的队友发球，传给我之后，我直接一个三分入筐。全场静默了一秒钟，然后发出雷鸣一般的欢呼声。担任这次比赛裁判的篮球队教练都蒙了。

三分钟，我们就解决了对手，然后再用三分钟解决了下一个队伍。一路过五关斩六将，竟然冲到了最后跟赵丽娟她们打决赛。

班长在场边冲我大叫："你这个叛徒，不要再帮敌人了。"有些人跟着起哄，就连平时跟我关系还过得去的那几个女生都有些愤愤的神色。

我咬紧牙关，心想："真是造化弄人，我原本只是想出口气，没想到最后竟然真的成了全班的公敌。"

韩楚天冷冷地看了一眼我们班长。班长立刻缩着脖子，不出声了。

开场两分钟，我进了两个球，全班都开始骂我。我看了一眼韩楚天，韩楚天的眼神很复杂，似乎有些心痛和不忍。我忽然好想哭。

教练过来拍了拍我的肩膀低声说："可以了。"我知道她的意思。如果被我这种选手投机取巧地赢了校篮球队的主力，她的脸都没处放。

我不再抵抗，任赵丽娟她们进攻，一连投进了三个。

赵丽娟她们赢了，却没有一点高兴的样子。全班人离去的时候，看我的眼神都好奇怪。

韩楚天走过来，摸了摸我的头发说："很不错，比我预想中要好。"

我的队友走过来对韩楚天说："韩楚天，你的战术真不错，你推荐的人也很好，不然我们班根本得不到这么好的成绩。"

我的心凉到了底。啊，原来他是为了利用我。我说我怎么会有这么好的桃花运？我咬牙红着眼睛，扔了球跑回宿舍。

"呦，英雄回来了？帮别人赢了比赛好开心吧？"孙蕾蕾对我冷嘲热讽。

我像没有听见，不顾一身臭汗木然地爬到床上，躺了下来。

"孙蕾蕾，你行了吧！仔细想一下，本来就是你们不要她的，她还不能去参加别的队吗？再说，她最后不是让你们赢了吗，还要怎么样？"康炜彤，唯一一个对我还有几分好感的室友实在是看不下去，出声对孙蕾蕾说。

"就是，得饶人处且饶人。"一向有正义感的章小青替我鸣不平。

"适可而止吧！"郭睿懿也冷冷地出声。

孙蕾蕾不敢犯众怒，瞪了我一眼，闭上嘴走开了。

她们说什么都无所谓，最伤我心的是韩楚天。我望着天花板，眼泪无声地流下打湿了枕头，我却咬紧了唇倔强地不肯哭出声。

5

"903，顾芊芊，下面有人找。"不知道睡了多久，我被宿舍阿姨洪亮的声音吵醒。

我揉着有些乱的头发，走了下去，然后看见韩楚天拿着一大束花站在宿舍门口。

以他的个性，要这样捧着花接受别人来来往往的注目礼，真是难为他了。不知道他在等哪个幸运儿呢？我心里有些酸，不敢向前了，探头出去看看还有没有别人。

"这里啊！"韩楚天很无奈。

我瞪大眼，指了指自己的鼻子。

他几大步走过来，把我一把拉了出去，然后把花塞到我的手里。

我红着脸，觉得那一束鲜红的玫瑰像是烧红的烙铁一样烫手，立刻又塞回给他说："其实我对你利用我一点也不生气，我还要谢谢你给我机会让我为自己争一口气。这么想，我们都是双赢。更何况，你还教我打球了，所以你不用送花给我赔礼道歉。"

"都说你看着有点呆，没想到是真的呆。我这是在向你表白，你看不出来吗？"韩楚天有些恼羞成怒，把花又塞了回来。

"啊？"我的手哆嗦起来。

"嗯，请你做我的女朋友，你不要拒绝哦，不然我会在地上打滚哭闹的……"他半开玩笑地说。

"我要是接受了，会不会害了你？你知不知道我的名声很臭的！"

"胡说，我只知道你们班有个疯子，整天说你始乱终弃，自己却换着女生追，真是够了。不过倒是要谢谢他，如果没有他，我还记不住你的名字。"韩楚天哼了一声。

头上的窗子里冒出几个人头，不用回头我都知道那是我们宿舍的女生。

韩楚天坏笑了一下，忽然一步上前，把我搂在怀里。

我瞪大眼睛，僵硬得像木头。

"你现在应该抱着我的腰。"他"好心"地提醒我。

"哦。"我伸手抱住他的腰，咧嘴望着天空笑了。

所有人都不看好我们的恋情，她们对我的厌恶还直接波及了韩楚天。他的仰慕者少了好多，就连穿衣服，都会被人挑剔和嘲笑，比如，那天我穿红裙子，恰好韩楚天穿着黄T恤，她们就会笑我们是红绿灯。

我恼怒，却没有办法，只能满怀歉意地对韩楚天说："对不起，连累了你。"

"说什么傻话！我们又不是人民币，怎么可能让所有人喜欢？无聊的人太多了，不要浪费时间在他们身上。你只要看着我，听我说就行了。"他嗤笑一声，吻了吻我的额头。

6

她们还是挑剔我，说我约会回来晚了，打搅她们睡觉，其实她们自己看漫画常常看到凌晨一两点。

她们说我们肯定很快就分手，韩楚天那么帅怎么可能吊死在我这棵歪脖子树上，就算韩楚天不踢了我，我这种水性杨花、喜新厌旧的女生也会脚踏两只船，然后被韩楚天发现，悲惨分手的。可是性格各异的我们完全不理会任何流言，默契地慢慢向对方靠拢。

她们说韩楚天在下面叫我的声音太吵，他就给我买了个最便宜的手机，然后我成了宿舍第一个有手机的人。这让孙蕾蕾和赵丽娟更加嫉妒得发狂，就连自认为跟我们不是一个档次的白素都多看了我几眼。

郭睿懿织围巾的时候，我也抽风学了几天，然后花了几个晚上给韩楚天织了一条。围巾上全是洞，有点像渔网。我却觉得很好看，献宝一样得意扬扬地送给了他。

韩楚天笑嘻嘻地收下了，然后放在箱子底，从来不戴。他说那是他的宝贝，他不舍得拿出来弄旧了。我知道，他这么说其实是委婉地表达了"这条围巾好难看，但是我喜欢"的意思。

我比较刻苦，他比较喜欢玩，那他就会先去疯够了再来陪我上自习。

我的话比较多，他比较沉默，所以我们在一起，很像新闻发布会。要么就是我说，他听；要么就是我问一句，他说一句。这种交流方式的结果就是，我跟他认识了一年才知道，他还有个哥哥；跟他认识了两年才知道，他竟然还有个妹妹！

我嗔怪他不主动交代自己的情况。

他很委屈地说："你也没问我啊！"

我听见这句回答之后，内心流泪，表面还要假装死猪不怕开水烫的镇定。

我实在是没话说的时候，也会问他一些恋爱中的女人常问的无聊问题，结果最后都让自己哭笑不得。

"你为什么不去追校花？"所有人都疑惑他竟然会来追我这个各方面都不突出的女生，也奇怪啰啰唆唆的我，竟然能和一整天说话不会超过十句的他总待在一起还没有疯掉。

"你长得不算漂亮，但是还算可爱，而且校花不一定比你有趣。"他面无表情地回答我，一点也不像开玩笑。

"原来我只是有趣？难道我在台上表演的时候不是容光焕发、魅力四射吗？"我心虚地追问，想要听到几句赞美的话。

"嗯，你在台上笑得好假，我在台下看着快笑疯了。"韩楚天抽了抽嘴角。

"你一定是在宿舍就听说了我的艳名，然后又在篮球队看见了我的英姿，所以被我迷住了，对不对？"我还在做垂死挣扎。

"嗯，你打球的样子也很可笑，上蹿下跳，张牙舞爪，像只抢桃子的小猴子。而且你不知道你得罪了多少人，名声真的不好。有人说你抠门又贪小便宜，天资很差脾气还偏……"

我的父母都是普通工人，自然不能像大城市来的孩子那样大手大脚的。其他指控我真的无言以对。

"那你的意思是原本不打算追我，只是因为内疚才买花，现在骑虎难下了？"我恼羞成怒，打算撒泼。

"不，我原本就打算追你。可是听说你拒绝了好多人，我有点害怕，所以在等机会。"

"你……"

"听说你晚上常一个人在篮球场练球，我去守了几个晚上，才终于等到你。"

"哦，原来那是有预谋的。如果我的球没有扔到你那边呢？"

"那我就会扔球过来砸你，然后跟你道歉。"

"你、好、坏……"我咬牙切齿。

7

大四的时候，我被保送读本校的硕士。一共四个名额，其实我的成绩排名并不在前四名，我能被学校保送，是因为综合评分刚好进了前四。也就是说，当年我折腾的那些社团，出去演出都为我加了分。

老天总会用你意想不到的方式回报你的努力，我越发深信这一句话。

同学们又说："韩楚天找了工作，小二读研究生。两地分居，他又那么帅，追他的女生肯定不会少，他们铁定会分手。"

可是我们两人在这三年里，不知疲惫地往返于两地，在我毕业的时候，我就迫不及待地奔向了他。我们结婚了，生了两个可爱的孩子。掐指一算，十年同学聚会的时候，刚好是我们认识的第十三周年。

孙蕾蕾说："我还欠你一个对不起。我那时太孩子气，而

210

且我也有点嫉妒。”

我笑呵呵地回答："没什么，其实我要谢谢你们让我的承受能力变得格外强。你们知道韩楚天说他喜欢我什么吗？他说他就喜欢我那副打不死的样子。”

班长说："我也欠你一个对不起，其实我只是有点伤自尊，好面子。”

"不不，我还欠你电影票钱，其实早该还给你了。"我掏出钱包，拍上一百块，"连本带息，还你一百。”

"不不不，你还不如陪我喝一杯，不然我就无地自容了。"班长摆了摆手。

同学会散了，我有点醉醺醺的。韩楚天来接我，皱眉替我擦干净我嘴角的酒渍。

我忽然想起刚才和郭睿懿提到织围巾的事情，便质问韩楚天："为什么我给你织的围巾你从来不戴？”

"广州热死人了，哪里需要戴围巾？"他装傻。

"哦，原来是这样。你就为了不戴围巾才选择广州的，还把我也拖过来了。”

"别说傻话了，我明明是因为你喜欢吃芒果，才来这个一年之中有半年都是夏天的城市……”

（作者／一苇夏夜）

暖　暖

1

时隔两个月，我在酒吧一个黑暗的角落里再次见到了暖暖。

她已经醉了，眼神迷离，满脸泪光，身子横在沙发上，手里正拿着一瓶洋酒往嘴里灌。

沙发上、桌子上遍布空酒瓶，一位陌生的男子正试图抢夺暖暖手中的酒瓶，却被暖暖一把推开，一个踉跄直直撞上了站在他身后的我，我的肩膀被撞得很疼，条件反射将手捂在了肩膀上。

男子转过身来忙道歉："对不起！对不起！"

"没关系！"我出于礼貌回应，眼睛却看着躺在一旁喝得烂醉的暖暖。

"你是她朋友吧？她喝了很多酒，不能再喝了，你劝劝她吧？"男子看着暖暖说。

"你是谁？"我可以想象到我当时的表情肯定是极不友善的。

"我是邻桌的，看到你朋友一个人在这喝酒喝成这样，所以……我没有恶意的，我就是觉得一个女孩子这样喝酒很危险。"

我实在是不愿意相信这种鬼话，在酒吧这样的场合，一个男子说他是出于好心去接近一个喝得几乎已经不省人事的女孩，难道，这不是图谋不轨？

我敷衍地点点头，走到暖暖的身旁，男子也识趣地回到了自己的卡座。

暖暖趴着，闭着的眼睛里不断冒出眼泪。

"暖暖。"我叫她。

暖暖只顾哭，眼睛都没睁开一下，没有给我任何回应。

我还记得，两个月前的她在火车站和我告别时的明朗样子，她笑得像向日葵一样对我说："从此以后，我要为他变成一个像太阳一样的女孩，给他温暖，给他我所有的爱，以后我不叫悠悠了，叫我暖暖！"

暖暖说的那个他，我不知道是谁，只知道那是一个让暖暖为之疯狂，为他做了各种改变的男人。

暖暖为他将一头银灰的长发染黑，暖暖为他收起了柜子里所有性感暴露的服装，暖暖为他戒掉烟酒，为他卸去浓妆，还为他改了个温暖的名字，甚至不远千里跑到那个他所在的城市生活。如今看来，不管暖暖做了多少改变，不管暖暖多努力想成为灿烂向阳的向日葵，她还是那朵开放在夜里的黑色曼陀罗。

"暖暖！"我加大分贝，又叫了她一声。

这次暖暖睁开了眼睛，看到是我愣了好一会儿，终于像爆发似的抱着我大哭起来，鼻涕眼泪一个劲地往我身上蹭。

以前的她从来不哭，总是冷漠坚强的样子，这是我认识她这么多年以来，第一次看她哭成这样。

"我的头好痛，我觉得自己快死了！"我以为暖暖会跟我抱怨些什么，或者倾诉她这两个月的经历，或者提一提那个男人，她却只是含糊不清地说自己头疼欲裂。

"你喝了那么多的酒，不头痛都对不起你灌进胃里的那些酒精。走，我送你回家！"我扶起暖暖，艰难地往酒吧门口移动。

暖暖很瘦弱，可是现在醉酒的她变得无比沉重，我用尽我所有的力气，才能支撑着她不至于倒下，走动起来简直要了我半条命。

许多人用奇怪的眼神扫我们一眼，然后又见怪不怪地转过头去继续喝酒，唱歌，跳舞。我知道现在的我和暖暖有多狼狈，暖暖边哭边笑，时不时还推开我扭两下，我更像个使尽力气却无法移动货物的搬运工。

如果我是个男人，我还能用蛮力将她扛在肩上扛出酒吧，可我偏偏是个手不能提、肩不能挑的女孩，耐心耗尽，一度想把暖暖像垃圾一样丢在这不管了，清醒的她就不是个乖巧听话的人，现在喝醉酒了，更是让我一点办法都没有。

暖暖又一次挣脱了我的手，嘴里还喊着："没事，我没醉！"然后举起双手在晃眼的灯光下开始手舞足蹈，那样子让我简直想爆粗口。

"我帮你一起送她回家吧？"是那个对暖暖图谋不轨的男子。

即便他穿得正经干净，即便他一脸无公害，即便他还有些帅气，但是依然改变不了我对他怀有居心叵测邪念的印象。可是现在，我居然拒绝不了他，因为我太需要有个人给我搭把手，将暖暖送离这是非之地。

2

在我和那男子的合力下，总算是将暖暖拖到了酒吧门口。深秋的晚风已经带着些许寒意，我不禁打了个喷嚏。

"你们在这等我一下，我把车开过来。"

还没等我答应，那男子就殷勤地跑开了。

门口的冷风确实让暖暖清醒不少，她抱着我，整个身体的重心都依靠在我身上，她说："你知道吗？我一直觉得我叫暖暖是温暖向阳的暖，其实不是，竟然是冷暖自知的暖。"听不清她是哭着说还是笑着说的，但是肩头感觉到暖暖的眼泪渗透进了我的衣裳。

"这两个词的暖字没有区别！"我努力地支撑着她。

一辆黑色的轿车停在了我和暖暖的身前，我刚想拒绝，暖暖已经打开车门钻了进去，像尸体一样躺在了后座上，我的拒绝就这样卡在喉咙里。

暖暖占了后座，我只能坐进副驾驶。

"送你们去哪？"那男子转头问我。

刚才在酒吧里，灯光太乱，音乐太杂，我甚至都没怎么看清他的脸，现在看得十分清楚。

他的笑容，竟然让我莫名地觉得他值得信任。但是很快，我就打消了这个念头。因为我意识到，不管是报我的地址还是报暖暖的地址，都等于是在这个陌生男子前暴露了隐私，万一他是个无赖，知道了我的地址随时可以找上门来，那多麻烦！

"去酒店！暖暖租的房子两个月前就退了！"我承认我的防备心过重，但是这并不是件坏事。

我以为他会追问我的地址，他却只是点头说："原来她的名字叫暖暖，"然后启动了车子。

"你叫什么？"我问。既然上了他的车，多知道一点他的信息，对我和暖暖都是有利的。

"宋野。"他边开车边回答。

"你应该不是出于好心去照顾暖暖，还开车送我们吧？我觉得世界上能跟善良挂钩的男人已经不存在了。"我的语气里带着一种高高在上的质问，但是宋野并没有生气，反而爽朗地笑了起来说："那你是觉得我想对她图谋不轨咯？"

"当然。"

"你这么想很正常，在酒吧这样的场合，大多数男人是不会出于纯粹的关心去接近一个姑娘的。"

"那你呢？"我质问。

"如果我说我只是纯粹地觉得，这样一个姑娘不应该受到一些莫名其妙的伤害，你信吗？你来之前，已经有不少男人接近过她想把她带走了。"

"这些男人里也包括你不是吗？"我的语气依然不友善。

宋野笑了笑说："好吧，那我实在是不知道怎么辩驳了，你都已经觉得我是图谋不轨了，我怎么解释都改变不了你的想法不是吗？不过，我可以跟你说说我的爱情观，任何爱情都是两个人对对方的图谋不轨，只不过是要把这种图谋不轨坚持成习惯，坚持一辈子而已。"

明明是一场以爱之名的居心叵测，却被他说得让我无力还击，甚至还觉得他说的话也不是全无道理。

"所以，你是想说你对暖暖一见钟情了？"

宋野没有回答，只是无奈地看着我笑了笑，没有承认，也没有否认。

"页子，你知道吗？我温暖不了他……"暖暖在后座突然开口。

我转头看她，她依然保持着刚上车时的那个躺姿，嘴里还在呢喃着什么。

我有些恼火，咬牙切齿地说："你还是先温暖你自己吧！"

3

宋野将我和暖暖送到了一家环境还算不错的酒店，为我们开好房间，还付了钱，却没有任何逗留的意思。

似乎看出了我对他的防备，宋野并没有要送我们到房间，而是将房卡和早餐券交到我手上说："你送她上去吧，这是我名片，如果有什么状况随时打我电话！"

我将名片胡乱塞进包里，在服务员的帮助下，总算是将暖暖挪到了房间里。

暖暖一头栽在马桶上就开始吐，样子狼狈不堪，吐了好一阵才消停下来。

"你知道吗？以前我觉得大多死去的爱情都是因为小三，但是他让我明白，还有一种爱情是死在了时间里。"

暖暖一屁股坐在地上，靠着浴室的透明玻璃，含糊不清地跟我说。说着说着，又开始呜咽起来。

我打开莲蓬头的开关，水从天花板上落下来，将暖暖淋了个通透，一开始她还尖叫着要起来，但是随着水温变暖，她不再反抗，任由水淋着。

和暖暖最近一次联系是一个月以前，也是她离开这里一个月之后，她给我打电话。电话里不管我怎么问，她就是不说她在那边过得如何，只是说一切都还好，害我一度猜测她是被传销控制了。直到电话的最后，她告诉我她想喝我家家酿的藤梨酒我才放下心来。

我特地回家问我妈拿了一桶，给暖暖寄去。

"你们到底怎么了？"我问。

暖暖被热水冲得清醒不少，说："什么都没有发生，我只是感觉不到他对我的爱了。"

"没有他的爱你会死吗？"

"不会死，比死难受！"

我无法理解暖暖对爱情的信奉。

我关掉水龙头，拿来浴巾和睡袍递给她，她倒变得乖巧了，将一身湿透的衣服脱了下来。

"能自己洗澡吗？"

她点点头，我便退出了卫生间，听着卫生间里传来的"哗哗"声，只觉得信奉爱情的女人真是可悲。

暖暖在卫生间里待了很久，久到我都怀疑她在卫生间里自杀了，我刚想进去看看的时候，她终于走了出来。

她瘦弱的身躯套着极不合身的超大号白色睡袍，头发湿漉漉的，站在卫生间的门口，目不转睛地看着我。从她的眼神中我看出她已经清醒了。

"还觉得比死难受吗？"我问。

暖暖嘴角微微抖动，说："页子，你写过那么多的爱情，会不会觉得一个人和她一辈子要在一起的人是早就注定好的？就好像我和他，不管我为他付出多少，刚在一起的时候我们相处多甜蜜，多幸福，爱和不爱，最后还是会被时间见证！"

我翻了个白眼说:"我是编故事的,不是算命的,谁和谁在一起是否注定好我怎么会知道!"

"其实从一开始我就感觉到他也许并不爱我,只是我努力了两个月,最后证实了他确实不爱我而已!"暖暖给自己倒了杯开水,端着走到床边,一头黑发的她让我有些看不习惯,却觉得这样的她格外漂亮。

两个月前,暖暖带着所有对爱情的憧憬和幻想到了那个男人所在的城市。而仅在一个月之后,她已经开始借酒消愁。两个月之后,她选择了离开。这是一个既短暂又漫长的过程。

"以后还是少喝点酒吧,今天如果我不来,你就要被人带走了。"

暖暖仰着头好像回忆了一番后开口道:"貌似长得还挺帅的。"

我有些不解地看向她。

她也看向我,说:"记得在哪本书里看到过,最好的疗伤方式就是迅速开始下一段恋情,不是吗?也许我也可以试试。"

我觉得她简直无可救药。我从包里翻出宋野的名片,丢给她。心想,这次死活都不管她了。

4

暖暖变回了从前的样子,因为头发染黑才两个多月,暖暖就戴假发,一头利落的银色短发,精致又浓艳的妆容,指甲上涂着深色的甲油,穿热裤露出了腿上的文身。

用暖暖的话说:"既然已经没了爱情,总不能也没了自己。"

一场宿醉倒是让暖暖脑子变清醒了，仅仅过了一夜，她仿佛就从失恋的悲观里走了出来。她说，她今天和宋野约好一起吃饭，让我陪她一起去，虽然是干电灯泡的活，但是因为我对宋野的印象本就不太乐观，又担心暖暖被灌醉带走，这个电灯泡我显然是做定了。

　　他们约在一家别致的小酒馆里，当宋野再次见到暖暖的时候，眼睛都直了，愣愣地看了我好久，好像是在跟我确认站在我身边的人是不是就是昨天的暖暖。

　　"怎么？换个造型就认不出来了？"暖暖先开口打破尴尬。

　　宋野不好意思地笑了笑，邀请我们坐下。

　　这家带中餐的小酒馆，我和暖暖都是第一次来吃，味道还不错。

　　"你们喜欢就好，刚开始我还担心你们吃不惯这里的味道呢。"宋野笑着给我和暖暖各倒了一杯酒："这个酒你们也尝尝，别的地方可喝不到哦。"暖暖二话不说就干了，而我出于防备，只能借口自己不会喝酒，我想我和暖暖至少得有一个人是清醒的。

　　"挺好喝，就是感觉很淡。"暖暖喝完点评道。

　　宋野笑了笑说："看来你是喝惯了烈酒。"

　　他们有一搭没一搭地聊起来，期间暖暖上厕所的时候，宋野忽然对我说："失恋还真是让女人360度大转变啊。"

　　"你应该说爱情让女人360度大转变，她以前就这样，只是失恋后选择做回以前的自己而已。"

　　"哦？"宋野显得很惊讶。

　　"现在你还确定自己对暖暖一见钟情吗？"我不客气地问。

宋野看了我良久，开口道："页子，你的防备心还真不是一般的重，我看着有那么像坏人吗？从第一次接触到现在，你一直在防着我，难道你之前是被男人骗过，还是因为男人受过伤，所以才会对男人充满不信任感？"

虽然是问句，语气里却是满满的确定，这让我有些不悦。

"你们在说我什么呢？"暖暖坐回到位置上，看着我们问。

我和宋野同时看了对方一眼说："没什么，宋野说他对你一见钟情了。"

我的话并没有让暖暖觉得很意外，反而是宋野，望着我的眼神里充满惊慌。

暖暖举起酒杯移到宋野跟前说："那……我们交往吧？"

宋野显然没有想到她会这么直接，脸上是掩饰不住的惊愕，他拿起酒杯对她说："你确定？"

暖暖不以为意，也没有回答，拿着杯子碰了一下宋野的酒杯，然后仰头喝下。

5

暖暖和宋野就这样简单而粗暴地开始正式交往了。暖暖租了房子，开始了新的生活，从那以后不再天天赖着我，和宋野约会也不会一定要拖上我。而我，被一堆稿子埋得喘不过气来，也就无心再去关心他们发展得如何。但这段恋情，我从一开始就不曾看好，至少我认为，他们是撑不过三个月的。

果然，在他们交往两个星期后，我就接到了暖暖的求救电话，同样是在那个酒吧里，同样是喝得有些不着边际的暖暖，我穿过让人目眩的灯光，找到暖暖。

她说："我发现开始一段新感情根本就不管用，我不知道要怎么办了，我试了很多方法，依然无法将那个人从我的心里赶出去。"

　　暖暖愁闷地喝着酒，我坐在她身旁看着她束手无策的样子说："忘不了就是伤得还不够，心里还存有期待，还没绝望。"

　　暖暖将头埋得很低很低，身子微微颤抖着，过了好一会儿才抬起头来看我。炫目的灯光下我看见她脸上爬满泪痕，她说："页子，如果我说我不想放弃，我还想去找他，我还想再努力试试，你会不会看不起我？"

　　我承认，那是我见过的最不争气的暖暖，曾经那么高傲、那么倔强的她，面对爱情却低进了尘埃里。

　　"那宋野呢？"我问。

　　"他不是玩不起的人，而且这么短的时间，我和他之间也培养不出什么实质的感情来，如果他说他有多爱我、多离不开我，恐怕你也不相信吧？"暖暖说得理所当然，我也没话可以反驳，就如她所说，这段一开始我就不看好的感情，现在我依然不看好。

　　暖暖终于还是走了，就在和我见面那晚的半夜，她给我发了一条告别短信："页子，我在火车上了，回来后我越发清楚自己想要什么，这一次，我是带着赴死的决心的。"

　　看着消息，我并不惊讶，我知道，不管我是否看得起她，是否赞同她的做法，她都是会去的。我想，这样也好，要么换一个圆满，要么换一个彻底的绝望，也总比每天生活在念念不忘的自我折磨里好。

　　暖暖走后不久，我就接到了她的电话，一个不知道应该算

222

是好消息还是坏消息的消息，她在电话里说最后努力一把的决定一点都没错，她成功地挽回了那个人的心。

听到这个消息，我并不觉得开心，反而开始担忧，至少我以为，这一次，让她彻底死心的概率会大一些，但是听着电话里她尽显小女人的姿态，言语中透露着满满被爱情充斥的幸福感，我便任何一句打击的话都说不出来，到最后，只能对她说："恭喜啊！"

6

暖暖彻底开启了她的炫幸福模式，每天都在朋友圈里晒她们之间的点点滴滴，一起看了电影，一起做了饭，甚至是那个男人说了一句让她开心不已的话，她也会恨不得告诉全世界。有朋友都开始打趣她是不是被下了降头，暖暖也不辩驳，只是每天我行我素地晒着。

直到有一天，暖暖给我发了一条很长很长的消息：

> 页子，不管你能写多扯淡的爱情，你都写不出我的心情，因为你没有经历过像我这样全身心去爱一个人然后被这个人推进深渊的感受，你也没有经历过因为爱而滋生出来的可以将一个人毁灭的恨意。爱情其实是一场殊死决斗，我输了。

我看着消息里奇怪的字句，不好的预感像云雾一样笼罩而来。我给她回消息："你怎么了？"

盯着屏幕许久，没有回应，我又给她打了电话，彩铃一直响着，可始终无人接听。我内心的不安开始像藤蔓一样疯长，在我内心狠狠缠绕，以至于让我有些喘不过气来。我翻看暖暖的朋友圈，可她的朋友圈里只剩下一片空白，那些晒过的幸福，那些记录过的美好连一丝痕迹都没留下。

我再拨打暖暖的手机，已经是无法接通的状态了。

"暖暖出什么事了？我联系不上她。"

我没有想到，第一个联系我的人会是宋野，这个我曾经以为被暖暖提出分手后就与我们再无瓜葛的人。

我回复他："你有时间吗？"

他说："有。"

我无法回答他暖暖究竟出了什么事，只是拉着他陪我一起按着当初我寄藤梨酒的收货地址找了过去。内心强烈的第六感告诉我，这一次我要面对的结果可能会让我无法承受。

我们在车站碰头，我见到了一个比我还急切的宋野，这是我第一次意识到，也许我之前对宋野的认识是一种错误的偏见。

列车奔驰，我和宋野并排坐着，宋野一直试图拨打暖暖的电话，脸上是无法掩饰的担忧表情。

"暖暖可能又被那个男人伤了一次。"我开口说道。

"我知道。"

"你让我有点意外。"我坦诚地说。

宋野抬头看了我一眼说："我知道。我说过，你已经认定了我当初接触暖暖是图谋不轨了，那么这个印象就不会那么轻易能改变。"

"你为什么那么喜欢暖暖？"我终于问出了内心的疑问，在我看来，宋野对暖暖的感情来得有些莫名其妙，并不是一见钟情可以解释的。

宋野终于放弃继续拨打暖暖的电话，把手机收了起来。他说："我认识她的时候，她还不叫暖暖，她叫吴悠，我是她隔壁班的。在学校的时候我就一直暗恋她，但是从来没有对她表明过心意，她甚至都不知道我的存在。后来毕业了，大家各奔东西，我以为这段感情总会在时间里无疾而终的，没想到那天竟然在酒吧里再次见到了她，后来发生的事，你都知道了。"

我吃惊地看着宋野，他无奈地冲我笑了笑。

我从不曾看好他，觉得他和大多数男人一样只是在猎取猎物而已，暖暖也从未把他当回事，甚至能语气轻松地说他不是玩不起的人。我们都不曾知道，宋野对暖暖，有着深沉的爱意。

7

我们终于找到了暖暖，比我们预想的还要糟糕，她躺着，一脸恬静看不出悲喜，身体被一块洁白的布掩盖着。

警察说："排除他杀，死者跳下了西口大桥，结结实实地撞在了隐藏在水里的桥墩上，导致肋骨断裂，虽然有人及时抢救，但很遗憾，还是没能救过来。"

我也见到了那个让暖暖为之疯狂的男人，他的表情很麻木，没有特别悲伤，只是我在见到他的时候，竟然连半分埋怨的话都说不出来。

"暖暖为什么会躺在这？"我问他。

那个男人始终沉默着，一句话都没说。宋野和他起了冲突，但是很快就被警察拉开。在离开前，那个男人看着我说："暖暖就是个疯子。"

我不知道曾经相爱的人为什么会给对方这样一个评价，在我看来，暖暖更像个傻子。

　　回程的路上，我和宋野都没有说话，压抑的气氛笼罩着我和他，我看到他的眼睛分明红了。

　　暖暖，你说得没错，爱情是一场殊死决斗，你说你输了，输了爱情的你会比死难受，但是你看到宋野了吗？你原本可以赢得很漂亮。

（作者／洛施）

当夏目遇见猫老师

1

几年以后同样的夜晚，我可以骄傲地、肆无忌惮地发消息给你说："不理我，以后就不跟你玩了。"

你上线急匆匆地发来一句："为什么啊？"

我记得我们认识的契机，是寒假里被风圈围绕的大月亮，还有那部日本动漫《夏目友人帐》。

北方的冬天，夜晚来得又早又猛，天幕一沉，整个城市就如同沉寂在天地之间的一方小船，寒风凛冽，残忍地鞭打着地上的一切。我透过窗户偶然瞥了一眼窗外的天空，遥远的黑色幕布上挂着清冷的月亮，周围裹着一圈朦胧柔美的云彩，整个天空都散发着异样的光彩，美得惊心动魄。

我拿出手机，激动地对着屋顶上方的月亮狂拍，拍完才发现，照片上只能看到漆黑的幕布上一个柔弱的小亮点，我懊恼地对着天上的月亮发呆。

我喜欢留住生活中一切美好的东西，当我留不住的时候，我就想让所有人看见。于是我登上QQ，打开QQ空间发状态@每一个我认为重要的朋友。我想每个人都能从那短短几行字里读出我激动的语气和急于分享的心情。

随手浏览 QQ 空间，我发现有一个网友转发的状态配图，不是我拍的那种小亮点，是和天上一模一样的大月亮，连周围环绕着的朦胧的风圈也被清清楚楚地拍了下来。我赶紧点开那个拍照高手的 QQ 空间，想要见识是何方神圣，竟然能拍下来这样清晰自然的图。于是，我一路浏览他最近几天的状态。那时是寒假，我看到他抱怨过年早起给长辈磕头的痛苦，照片上只有男生膝盖处沾着泥土的牛仔裤。再往后翻，是他发状态说学吉他的事情，我判断大概这又是一个会弹吉他、会拍照的文艺青年，在评论下我看到有认识的熟人，便加了他好友。

想不出更好的搭讪方式，我只能用最烂俗的方式厚着脸皮问他："嗳，请问大神是怎么把天上的大月亮拍下来的？"

然后他很认真地发过来一堆字，给我这样一个陌生人。

"调成夜拍 关了闪光灯 快门调到最快 有感光度的话调到最高"，他没有加任何标点符号，只有空格。

从此就是他一路被我挖苦的悲惨命运的开始。要是他知道以后会被我挖苦得体无完肤，他大概宁死也不会同意我的好友申请。

当时寒假在看《夏目友人帐》，动漫里温柔的少年夏目贵志在奔跑时打破了妖怪猫老师的结界，因为一本记载妖怪名字而有着强大法力的友人帐，夏目和猫老师闯入彼此的生命。动画里的猫老师既腹黑又骄傲，一心保护夏目却死活不承认，找借口说："你要是被其他妖怪吃了，我怎么拿到友人帐！"

因为他的头像是一只猫，我戏谑地问他："难道你是猫老师吗？"那时我的网名里正好带着"夏目"二字。

没想到他很快接了一句："快把友人帐交出来！"顺带发来一个奸笑的表情。

难得遇见这么合拍的人，此后，我们之间话就多了起来。

说多了话，我就逐渐了解了猫老师。他是标准的理工男，戴黑框眼镜，计算机专业，会弹吉他，辅修日语却只能说一句完整的"请多多指教"，他唯一教会我的是用日语说"早上好"的发音是"哦哈伊呦"，"晚安"的发音是"欧亚斯密那赛一"。哈，我到现在仍记得清清楚楚的。

猫老师总喜欢发各种各样的照片给我，就连吃个巧克力也要给我发张图，还郑重其事地发来一串字：请你吃。

聊天的时候说起一款打火机，我跟他说我很喜欢 zippo 打火机。他说他的朋友从美国给他带回来一个，还刻有他的名字，"要是不嫌弃，开学我找到送给你好啦。"

开学后他很抱歉地跟我说那个打火机找不到了，语气好像是做错了多大的事。明明收礼物的人是我啊，你有什么好抱歉的啊？

不久之后我收到一个来自济南的包裹，打开一看是一款银色做旧的 zippo 打火机。他打电话告诉我，那是他最喜欢的一款 zippo 打火机。我问他那你还舍得送给我，他笑着说就是因为送给你才舍得啊。

是，我也很喜欢呢！

喜欢到不舍得用。

2

我喊他大神，确实是因为惊叹于他的拍照技巧。可是他太谦虚，谦虚得无以复加，于是我开始了挖苦他的漫漫长路。

比如，只要他会点什么或做点什么事情，我就往死里夸他，等到他发觉了，说不过我，只能老是重复一句话："你又挖苦我，你又挖苦我。"

大神跟我说，考驾驶证对他来说好难，不想学而且还晕车，真不知道怎么办才好。他不喜欢计算机也不喜欢日语，他说毕业以后平平淡淡就好了。我挖苦他说："哎呀，大神，这个没关系啦，以后你可以去开三轮车啊！"

"三轮车？"我好像能看到电话那头他愣住的样子。

"哈哈，就是三蹦子啊，大神，你以后可以开这样的车，不要驾驶证不会晕车，还可以载客看风景，这样的工作简直不能更赞！"我自行脑补出他未来开着三蹦子满大街溜达的样子，几乎要笑死。

他听我笑得不亦乐乎，只能特别哀怨地说："你够了，你再损我，我挂电话了啊。"

寒假的时候我自学计算机 C 语言，对着一堆奇形怪状的符号发愁。

大神知道我在学计算机 C 语言之后，很痛快地对我说："我是学这个的，有啥问题问我就成。"让我有抱着他大腿一把鼻涕一把泪的冲动。

那天我问他一道题，题目里面带着一个乘方"∧"符号，他看了半天扔过来一句话："理解不了。"然后就自顾自地发来一串字。

"∧"。

"∧∧"。

"∧—∧"。

"这个符号还挺好看的。"

我无语。大神，你的计算机课都是体育老师教的吗？

寒假快结束时，他很认真地问我什么时候开学、什么时候去车站，我很惶恐，感觉这孩子是不是要去车站送我一程啊，我很感激又很真切地拒绝他说："不用送我，真的不用送我的……"

结果他很骄傲地来了一句："我不去，你想第一次见面就是离别啊？"

对，第一次见面。虽然是同一所高中的校友，但高中三年我根本不知道大神的存在，更没想过有一天会和他成为无话不说的朋友。缘分真是个奇妙的东西，你永远不知道下一秒你会遇见谁，也许之前你们还擦肩而过，是彼此的路人甲，但是遇见之后才发现彼此是多么相似。

3

那天大神发了一条状态，是几个人的合影，他最高也最严肃，虎着脸阴沉得不像话。他在评论下面解释说是刚刚被老师批评，留个影以示纪念。有好友评论他严肃的样子好像高中班主任。我恶作剧似的评论："班主任你好！班主任再见！"

他也恶作剧似的回复："明天叫你家长来！"

开学后生活繁忙，偶尔聊天，我还是一路损他到底，但是他居然也学会了反损能力。

他说他要去健身，我不屑地问他："你几块腹肌啊？"

他倒是老实，诚实地回答："一块。"但是又加了一句，

"身体底子好。"果然有猫老师骄傲的风格。

我开始挖苦他："就一块腹肌还说底子好？不，我呸，就一块肥肉还说底子好！"

过了一会儿，他很云淡风轻地发来一句话："算是你狠，我忍了。"

每次看到他忍无可忍最后还是忍气吞声地说"我忍了"的时候，我都笑得特别贱特别有成就感。

我想起来第一次打电话听见他的声音，和唱歌时完全不一样，听筒里传来的声音有点沧桑又有点憨厚，就像高中时候的班主任。我愣了一下，以为打错了电话，于是赶紧挂了电话。之后很多天里他对这件事都耿耿于怀，无数次跟我辩解人唱歌时的声音和说话的声音不一样。

有一次我告诉他我晚上做了个噩梦，恐怖至极。他说，以后你的噩梦，都让我替你做了吧。

4

有些人，才认识了一阵子，就好像认识了好久，什么都想跟他说。大概我们很久很久很久以前就认识了，也许久到了上辈子。这辈子的相遇，只不过是再次重逢。

之前我看朋友去济南，在一场 3D 画展上拍照玩得很愉快，于是也产生了想要去济南的想法。正好大神也在济南，他不止一次问我到底什么时候去济南，而且允诺有"三陪"，陪吃陪玩陪聊，可是我一直在犹豫不决。那天我说大概第二天去，他就自言自语地说开了："帮你安排个路线，然后再去哪玩，然后再送你回家……"不知道为什么，在那一瞬间我产生了满满的勇气，决定逃课去济南。

我在动车上时，他把下车后要走的公交路线发给我，虽然是自己一个人坐动车走很远的路，但我一点都不害怕，因为我知道有朋友等着我。

说好他要请我吃饭，而且必须吃肉。我第一眼看到他笑着站在饭店的门口，我几乎是跑着要扑过去。吃饭的时候我把吃的骨头偷偷地都堆在他面前，他却一点都不知道。

"我说我怎么吃了那么多。"大神恍然大悟。

吃饭的时候，他"唰"地拿出三张3D展览的门票说："吃完饭我们就去玩啊。"我默默地吃饭，心里的世界瞬间开满了花。

在坐公交的时候，他坐在我和另一个朋友后面的位置上，我透过玻璃，看着窗外我平生第一次来的城市。春风拂动的柳絮像忽然下起的一场不会融化的大雪，一团一团捎带着些许风情，暧昧地往人身上粘。

"看，公交车上有两根线！"对面的公交车顶上有两根长长的线被空中的电线牵着，我第一次看到这样奇怪的行车方式。

也许是一个人待得太久，孤单了太久，当有一天真正接触到这种被陪伴的温暖时，我却小心翼翼不敢陷得太深。我害怕对这种温暖产生依赖，以后就再也没办法打败孤独。不是在最好的时光遇见你们，而是有你们在，我才有了最好的时光。那天下午，有人陪着我一起逛街，在看展览时帮我拿书包给我拍照，唯一一次拍的照片上全是我。

大神拿着他自己的手机给我们拍照，不像之前和朋友出去，要拍照的时候总是不好意思地把自己的手机递过去说："麻烦帮我拍张照片吧。"

这次，我只要说："大神，我要在那儿拍，还有那个也很好玩，我还要在那个地方拍。"

"你往左一点，对，再把手抬高一点啊。"他自己还自言自语地说，"是你的脸太小还是那个洞太大……"

"大神，你去那个只穿一条红内裤的模型那儿去，我帮你拍！快点！"

在玩游戏的时候，他模仿着屏幕上的人物做动作，简直就像跳街舞一样。面对如此帅的少年，我忍不住偷偷把他玩游戏的样子录了下来。

多美好啊！若干年以后我再看时，我会想起来，有一个美好温暖的，如同四月的少年陪着孤单很久的我玩耍，有漫天的柳絮，有温暖的阳光，有和煦的微风。

离开的时候游戏者可以抽奖，而且每个人还可以拿一个假牙。我拿了一个吸血鬼的假牙戴上，他拿了一个兔子牙戴上，然后一起拍了唯一的一张合影，照片中的我戴着吸血鬼的大假牙傻笑着，他戴着兔子假牙很拘谨地微笑着。

走到一处，遇到石头古迹或者房屋，他说的一句话总是："那是乾隆时期的啊。"

在湖边有一个锈迹斑斑的黑色铁锚，铁锚旁边有游人落下的爆米花。他蹲下去指着爆米花说："看，是乾隆吃剩的爆米花哦！"

大明湖真美，一眼望过去，水波粼粼，有只游艇在波光潋滟的湖面上优哉游哉地漂着。湖中央有一座郁郁葱葱的小岛。我们沿着湖岸走了很久，他拍照时我背对着他，后来才知道，我的背影在他拍的画面里。

　　不管是他像大妈一样给我讲他学校的故事，还是我坐在岸边时，他抓住我的衣服恶作剧似的假装要把我扔进湖里去，还是和我一起耐心地听老爷爷拉胡琴，自己晚上上课快要迟到了还安慰我没事……

　　这些一点一点的小事，堆积起来都是亮闪闪的美好回忆，即使有一天这些记忆会模糊，但是那美好的感觉会依然存在。

　　我知道这样被人陪伴的温暖太短暂，也许以后我再也遇不到像他这么好的朋友。手机和网络从来都不是联络感情的工具，我害怕距离带来的疏远，我经历过好友在我生命里走进和离开。

　　晚上他带我去 KTV 唱歌，最开心的就是我一首一首点歌，他一首一首唱。他唱歌好听，好听到让我难过，因为以后都不会再听到了吧。

　　他很认真地唱，我却莫名其妙地想哭。

　　吵闹的过道，昏暗的包厢，浮动着歌词的大屏幕，拿着话筒歌声好听的少年，让我一瞬间有一种恍如隔世的错觉。

　　晚上他送我回宾馆，一直在问我："你晚上自己睡会害怕吗？要是害怕我们就去通宵啊。"这么被人关心，我有点不好意思。他说了好几次："你要是害怕就给我打电话啊，我随时可以陪你聊天。"我实在想不出别的话，只好一直拼命点头。

　　晚上我在网上看到一篇文章，《邂逅温暖的陌生人》，文章标题瞬间就吸引了我。他对我来说早就不是之前的陌生人，而是可以值得信任的朋友。当看到那句"你越是周到，我越是难过"时，不禁真的难过起来。

　　我不知道自己到底在难过什么，只是这些难过都是因他而起，我对自己说，以后都没人唱给你好听的歌曲了吧，以后没人对你这么好了吧，以后没人会为了陪你玩逃课了吧，世界上只有这一个人如此待我吧，以后再也不会遇见这么好的人了吧，这样的温暖你不舍得忘了吧。

有时我又在想，如果有一天你不再对我这么好了，我就可以说："没事，只不过是恢复原状罢了，我本来就一无所有。"

第二天我们去爬山，四月的阳光和耀眼的他都太过奢侈，而在那天我同时拥有着。

那两天里，一向缺乏安全感的我感觉不戴眼镜跟在他后面走路就会很安全，我不再害怕任何事情，大概是因为有好朋友在身边，一切都不怕。

从千佛山回来的公交车上，他要提前下车从另一个路口回校，我和另一个朋友还要久一点才下车。下车前，他站起来看看我，说："再见了，我要下车了。"我记得他那天穿的是棕色的卫衣，烟灰色的运动长裤。他下车，我透过玻璃看到他的脸，脸色阴沉得像那天天气。又或许是我看错了，他脸上有种我说不出来的表情。

我转回头，泪水就不可遏制地掉下来。

前一刻我还开怀大笑，和身边的朋友说话，下一刻目送他下车后，我的目光固定在他离去的方向，笑容瞬间就僵在脸上，我无法隐藏。我想，如果有一天再次看见他的身影，我可以不再悄悄抹去眼角的泪水，那么这个人从此就真的和我不相干了。此后，联系就只是电话短信和微博互动。

一天晚上，夜色如水，我看到操场上有人跑步，有女生随着音乐跳健美操，一幢女生宿舍楼下，有一群热血少年在喊楼，向心爱的姑娘大声告白"我爱你"，头顶上有一架飞机闪着灯轰鸣着飞过，远处高大的杨树被风吹出哗哗的响声。他正好打电话给我，我们很开心地聊着天，不知不觉，一个小时过去了。

我告诉他："我寄了明信片给你呀。"

他很开心地说："真的很感谢你！谢谢你啊！有你这个朋友真好啊。"他说话有点语无伦次，"第一次有人给我寄明信片呢，而且，我知道你会把最好的寄给我。"

"对啊，我挑的最好看的寄给你啊。"

"我才不在乎图画有多好看，我很期待你在背面写了什么，很期待很期待！"

其实，我也很期待你看到我写的那些字后的表情。

那好，现在我告诉你我写了什么，其实我真的写了好多字。整整一下午，我都伏在桌子上不停地写不停地写。

我说，大神你是一个好人。

我说，遇见你真好。

我说，有时候你可能会觉得累，没关系，有我陪着你呢，陪你到出头的那一天。

我说，多年以后，我希望我们还可以打一个小时的电话，我还可以寄明信片给你，还可以挖苦你……就是这么简单。也希望你如同四月的阳光，让我一直感到温暖。

不说再见，少年。

5

我不得不承认，这像一封隐晦的情书。我曾经确实是喜欢过这个少年，小心翼翼的，想让他知道却又担心露出破绽。

一直默默暗恋着，只能在愚人节那天开玩笑似的发给他一句"我喜欢你呀"，然后把他的微博从头看到尾，看别人给他的留言，看他给每个人的回复。后来终于发现，我并不是那个对于他来说特别存在的人，原来有一个女孩子，一颦一笑都能牵动他的心。

在面对现实后的一个星期里，我失落了很久，之后释怀，写了这篇看似有些矫情的文章。现在看来更像是一种纪念吧，年少总是太容易动心，情不知所起，一往而情深。

也许他有所察觉，渐渐少了联系，直到现在我们再也没有聊过天打过电话，唯一的联系，大概只剩下在朋友圈里为对方发的状态点赞了。这段青春里的暗恋，从头到尾都是我一个人在硬撑，对于我来说，只记住所有的温暖就好了。

多年之后，我再也没有和谁打过一个小时的电话，再也没有了寄明信片的热情，再也没有和谁肆无忌惮地说笑了。我长大了成熟了，也不爱笑了。

每个人年少的时候都会拥有一个这样的人吧，后来最好的结局大概就是不再联系。

还有，如果有一天我们再重逢，那么我还想问一句：做不成恋人，那能不能忘掉从前，重新认识，我再也不会喜欢你了？

（作者／妙芙）